诺贝尔文学奖 Nobel laureates in Literature 作品精选 插图版

阿尔谢尼耶夫的 生活

〔俄罗斯〕蒲 宁／著
李昕恬／编译

海豚出版社
DOLPHIN BOOKS
CICG 中国国际传播集团

图书在版编目（CIP）数据

阿尔谢尼耶夫的生活 /（俄罗斯）蒲宁著；李昕恬
编译 . -- 北京：海豚出版社，2025. 6. --（诺贝尔文
学奖作品精选）. -- ISBN 978-7-5110-7302-0

Ⅰ . I512.45

中国国家版本馆 CIP 数据核字第 20250GM971 号

阿尔谢尼耶夫的生活

（俄罗斯）蒲宁　著　李昕恬　编译

出 版 人	王　磊
责任编辑	刘　璇　王洪聪
特约编辑	许秋玲
封面设计	宋双成　蒋　飞
责任印制	蔡　丽
法律顾问	北京市君泽君律师事务所　马慧娟　刘爱珍
出　　版	海豚出版社
地　　址	北京市西城区百万庄大街24号
邮　　编	100037
电　　话	010-68325006（销售）　010-68996147（总编室）
印　　刷	天津泰宇印务有限公司
经　　销	全国新华书店及各大网络书店
开　　本	710 mm×1000 mm　1/16
印　　张	11
字　　数	125千
版　　次	2025年6月第1版　2025年6月第1次印刷
标准书号	ISBN 978-7-5110-7302-0
定　　价	39.80元

开 篇 语

《阿尔谢尼耶夫的生活》是现实主义作家伊凡·亚历克塞维奇·蒲宁创作的一部传记小说。蒲宁结合散文、诗歌，创造出了一种新颖的文学体裁。他创作本书的周期非常长，但努力总有回报，他在1933年获得了诺贝尔文学奖，成为俄罗斯历史上首位获得该奖项的作家。

本书全部以第一人称"我"来进行叙述，主要的线索是阿尔谢尼耶夫从童年到青年时期的生活经历。这是一部节奏平缓的小说，以平和似水的笔触将一切娓娓道来，真实到似乎触手可及。在这部小说中，我们走近了阿尔谢尼耶夫的人生：我们看着他，第一次面临亲人的离开；我们看着他，第一次走进文学世界；我们看着他，拥有了初恋；我们看着他，第一次出发去旅行……虽然我们是旁观者，却仿佛跟着他的脚步走过了一个又一个寒来暑往。

我们可以看到，每一个从阿尔谢尼耶夫生命中走过的人，譬如他的父亲、恋人……都曾在他的心底留下不可磨灭的痕迹。我们也看到，在人生的道路上他拥有许多选择，却唯独选择了遵从自我。

人生的道路就像是蜿蜒的江水通向不同方向，也像树上那些枝丫

往不同方向生长，我们作为一个旁观者，很难说出孰是孰非。但是我们见证了阿尔谢尼耶夫从孩童到少年再到青年的过程，他通过思考与实践，选择并决定了自己的人生。

"文似看山不喜平"，初次阅读这部作品，我们可能会觉得故事中主人公的生活平淡无奇，没有波澜壮阔的命运，也没有惊心动魄的冒险经历。然而，正是这种平淡而沉静的文笔推动了主人公命运的发展。蒲宁用他优美，甚至可以说是凄美的笔触，暗示了故事的走向。在蒲宁的笔下，怀揣着梦想的少年们如同静谧的湖水，暂时止住了生活的奔涌。他们将吟诗视为生命的神圣仪式，将写作看作世界上唯一的逃生通道。他们沉醉于恋爱的芬芳中，那份纯真的情感，如同初春的细雨，润湿了他们的心田。

我们不知道蒲宁是在何时将成年人世界的责任、生计、金钱偷偷放进了文字中，只知道突然之间，主人公的命运在自己一次次阴差阳错的选择中，早已走上了不可控制的方向。"选择"是蒲宁反复强调的主题。正是青春的冲动与叛逆，驱使着主人公做出了一次次选择，打破了原来平静的生活，使整个家族走向衰败。

《阿尔谢尼耶夫的生活》可谓历久弥新，每次深入品读，都能从中汲取到新的智慧与感悟。这些感悟或许潜藏在作者的内心宇宙之中，或许映射着主人公命运的无常变幻，又或者，它们深深触及了人生的真谛，让我们对生命有了更为深刻的理解。初看书名，我们会期待在书中看到一个人的一生，但在阅读后会发现，故事的结局停留在主人公阿尔谢尼耶夫青春逝去时，也停在他的爱情死去之时。为什么故事到此结束了呢？其实，蒲宁对阿尔谢尼耶夫的人生投入了极大的创作热情，他确实有意书写阿尔谢尼耶夫的整个人生，这一宏伟的创作目标，也使作品在立意上显得庄重而深远。当时的作品以连载的形式出现在报端，读者们得以通过蒲宁细腻的笔触，紧跟上阿尔谢尼耶夫的脚步。然而，在作品进入第五章时，蒲宁却选择停下笔来。他后来解释道，一个人的一生是无法被彻底、详细地书写出来的，于是决定到此为止。正是这个"醒悟"般的决定，造就了我们今天所看到的《阿尔谢尼耶夫的生活》。不过，根据蒲宁在书中留下的线索，我们不妨大胆猜测，主人公年轻时的选择，或许早已为他的命运写就了结局。

俄罗斯这片广袤的土地，承载了无尽的苦难，同时也孕育了无数的文学家。他们的文字，如同这片土地上的风雪，既美丽又残酷；他们的生命，在诗意的海洋中起伏，既有高潮的激昂，也有低谷的沉寂。阿尔谢尼耶夫的故事，只是无数年轻文人的一个缩影。他们的青春或许短暂而绚烂，但他们的精神，却永远在追求着真正的爱与自由。

Contents 目录

第一章

童年记事

卡缅卡庄园

　　每个人都会回忆起过去，可伴随着时光的消逝，许多温暖的记忆都会渐渐模糊，甚至消失。但不必为此感到遗憾，因为我们还拥有文字，我们何其幸运能够用文字将我们人生中的经历记录下来。

　　半个世纪以前，我出生在位于俄罗斯中部乡间的一座庄园里。小时候，我是一个无忧无虑的孩子，对于生与死没有概念。事实上，人们活着的时候对自己的生与死是没有任何感觉的。如果一个人不清楚自己是什么时候出生的，就不会知道自己的年纪，更不会认为自己会在十年或二十年之内就要死亡了。自然，和其他孩子一样，我很早就从大人们的口中知道了自己的生日。因此，我经常想，如果我生长在一个没有人居住的荒岛上，将会是多么幸运的一件事啊！那样我就不会知道自己的年龄了。然而，如果我们从来没有去思考过生与死的问题，从来没有想过我们终有一天会死去，或许我们就不会像现在这样珍惜生命、热爱生活。

我是阿尔谢尼耶夫家族的一员。我对这个家族的历史了解得并不多，对研究它也不感兴趣。不过让人十分肯定的是，我们的家族即使在逐渐衰败，却依然继承了贵族的血统。我作为这个家族中的一员，曾经拥有非常幸福快乐的生活。

我父亲的领地叫作卡缅卡农场，我就出生在这里。

农场的产业被一条河流分成了两半，其中最主要的那部分产业在河流的左岸，而我们居住的房子建在河流的右岸。因为它位于森林的深处，这座农庄似乎总是给人一种孤独的感觉。这也给我的童年抹上了一层哀伤的色彩。

冬天，这片荒芜的田野被白雪覆盖着，每天晚上，只有空旷而神秘的夜色笼罩着天空。夏天，有花草的香味在空气中若隐若现，牛羊的声音在草木深处回响。

我对这一切都很好奇，我想知道土拨鼠和云雀是否也会有烦恼，想知道自然界中的一切是否会有永恒，更想知道在那个未知的世界里，森林的另一边会有些什么不同的风景。

我父亲很喜欢到河左岸的庄园里去，并且一住就是很多时日，不知道是不是出于这个原因，虽然家里什么都有，但我对那段时光却只有孤单的记忆。似乎在那个时候，我是世界上唯一孤独的人。

那时候，我喜欢躺在冰凉的草地上，看着那一望无际的蓝天，白云在天空中慢慢飘浮，我想象着那是父亲温暖而亲切的拥抱；想象着与父亲一起坐在云彩上，跟着它们在广阔的天空中自由飞翔。

夜晚的田野也是我的天地，我常常站在穗粒满满的燕麦田和黑麦田里,听着远方传来鹌鹑咕咕的啾鸣声,安静地等待黑暗将这一切吞噬。

即便是在家里,我也总是一个人,孤独地看着夕阳在天边缓缓落下,金黄色的余晖洒落在木地板上的一角,洒落在那张老式桌子的高脚之间,投下了斑驳陆离的影子。那种悲伤而孤寂的美,常常使我感到忧郁。

深夜里,我躺在卧室的小床上,凝视着窗外那一颗颗安谧的星星,我不禁落寞地想,为什么星星离我那么远?为什么它们不和我说话呢?

总之,童年的我是多愁善感的。那时候,我幼小的心灵还没有完全觉醒,对于一切的事物仍旧感到陌生,但我已经在期待着那个充满幻想和感伤的遥远地方。

第一次旅行

在我的记忆中,我最接近温暖与幸福的一次,是随父母一起的一次旅行。我喜欢旅行,直到现在,我仍然经常去各个城市和乡村旅行。但与后来的旅行相比,那一次旅行最不寻常,至今令我印象深刻。

我清楚地记得,出发的那天阳光明媚,晴空万里。我的父母一大清早就起床为旅行做准备,但我对那漫长的准备工作感到焦虑,尽管天气炎热,我还是坚持站在院子中间,看着仆人们将四轮马车推出棚子。

那天，我们走了很长时间，穿过了数不清的山谷、田野、乡间小路和十字路口。在路上，我把一位在峡谷对面斜坡上的灌木丛里行走的农夫误认成抢匪，受到了不小的惊吓——他腰间那把明晃晃的斧头的确很吓人。

　　到目前为止，我仍然认为他是我见过的最可怕、最神秘的农夫。

　　我不记得我们是在什么时候到达城里的，但我永远忘不了当时的景象，我的心被深深地震撼了。那天早晨，阳光透过玻璃，映射出耀眼的光芒，路边商店的招牌也在那些高楼大厦之间闪闪发亮。我正眼花缭乱时，又听见叮叮当当的钟声在空中回响，不由得心生敬畏。钟楼高高耸立在所有房子之上，它是我见过最宏伟壮丽的建筑。

　　你一定想不到，我在这个城市里看到的最神奇的东西是一盒黑鞋油，它给了我最欢喜、最愉悦的记忆。

　　鞋油的盒子是圆形的，用树皮制成，有一股让人心醉的酒精气味。挤出一些鞋油来，它黑黝黝的，散发着灰暗的光芒。总而言之，这盒鞋油从里到外都让我喜欢得不得了，直到现在，我仍然记得手里拿着鞋油盒走过集市时的快乐。

　　除了那一盒黑鞋油，我还收到了两件礼物：一双用山羊皮制成的精致皮靴和一根尾部挂着哨子的短皮鞭。皮靴的做工十分精美，靴子上还印有红色印圈花纹，看起来十分神气；那条短皮鞭又柔软又有弹性，每次挥舞它都能使我感到快乐。

　　回到家中，我把新靴子摆放在床前，把短皮鞭压在枕头底下，兴奋得连话都说不出来。我好像听到窗户外面的星星都在对我说：

看看啊，这世间上的一切都是那么美好，所以请你不要再沮丧了啊！

这趟旅行使生活的美好第一次在我面前展露微笑，但除了这些美好的景象，还有一件事情也在我的脑海里留下了非常深刻的印象，毫不夸张地说，这件事情甚至影响着我往后的人生。

那天傍晚，在我们返程途中，我和父亲、母亲走在一条非常宽敞但荒芜的街道上。这条街道很长，给人一种永远也走不到尽头的感觉。我们路过了一座奇怪的建筑物。

我从来没有见过那样的房子：它又高又结实，每一面墙都涂成了暗黄色。在那房子的墙上虽然有着很多大大的窗户，但每一扇窗户上面都装有铁栅栏。房子的周围被高大的围墙包围着。唯一的出口不仅大门紧闭，而且还被铁链牢牢锁住。我抬头望去，发现有一个人在窗户的铁栅栏后面注视着远方。他身穿一件灰色的短呢子上衣，戴着一顶没有帽檐的帽子，脸颊浮肿，面色枯黄，整个人散发出一种希望与失望夹杂在一起的复杂情绪，仿佛已经对生活感到了绝望，但对未来仍然充满了期许。

后来，我从父亲和母亲那里得知那个人是"囚犯"，像他那样的人是存在于我们中间的一个特殊的群体。其中有窃贼、杀人犯、流放犯，这些人都有一个共同点——他们恶贯满盈。

那时我还年幼，尽管父亲和母亲的解释已经足够清楚了，落在我的耳朵里却依然显得苍白而无力，我依然对这个群体感到茫然。但是，我已经对这个群体产生了一种没有来由的好奇心，以及从心底升腾而起的对他们的恐惧。

在回家的途中，那位隔着一道铁栅栏凝望着夕阳的囚犯的身影，一直在我的脑海中挥之不去。太阳的余晖洒落在他身上，而我默默揣摩着他的感受，猜想他为什么会做出那样可怕的、与常人不同的行为。

那次的旅行让我认识到了城市的斑驳陆离，但也让我对乡村独有的简单和自由更加依恋。那天之后，我便开始去探索庄园美丽而可爱的地方。这是一次愉快的发现之旅：我第一次真正注意到了生活在自己身边的人，并且对他们迸发出了特殊的情感。

第一位是我的父亲。在我的印象中，他是一个非常善良的人。我父亲身体强壮且充满了活力；虽然他的性格有些任性，在日常生活中喜欢发脾气，但他爱憎分明，同时也很慷慨。唯一的遗憾就是他有些懒惰。他从来不主动去做什么事情，习惯了游手好闲。那时，我们国家的人多数是不做事情的，更不用说乡村里的贵族了。我父亲的一贯宗旨是：身体才是最重要的。

我父亲对吃东西有一种莫名其妙的兴奋感，他经常在午饭前就情绪高涨，吃饭的时候更是把这种没来由的兴奋表现得淋漓尽致。午饭后，就到了他的午休时间。当午睡醒来之后，他喜欢坐在窗边，喝一口散发着淡淡香味的、嘶嘶作响的苏打水。他很随心所欲，没有什么事情能持久。有时候兴致一来，他会突然将我抱到膝盖上面，紧紧地搂着我、亲吻我，然后又在下一秒将我放下来。然而，父亲的这些缺点并不会影响到我对他的爱。

我很喜欢我的父亲。他有着健壮的身体、率真的性格，对于这些我都十分喜欢，包括他偶尔的任性。我特别佩服我的父亲曾参加过战争，并且因此成为一个枪法十分精准的猎手。他文武双全，既能精准地射中抛在空中的二十戈比①银币，又能用吉他弹奏出古老美好的歌曲，旋律十分动听，让人听得如痴如醉。

与父亲一样让我感到亲切的，是我们家的保姆。她的体态端庄，身材高大，看起来威风凛凛。虽然她常常自称"女用人"，可是我们早就已经把她当作自己的亲人，她亦如此。她常常与我母亲发生争吵，但这些争吵并没有影响她们之间的感情。因为她们两人常常在上一秒吵得面红耳赤，下一秒却又抱在一起痛哭流涕。

此外，我有两个兄长和两个妹妹。我的两位兄长都比我年长得多，据我所知，他们俩很早就已经独立生活了，只有节假日才会回到家里，和家人团聚。我最小的妹妹娜迦还是一个睡在摇篮里的小婴儿，我很喜欢她那双爱笑的蓝眼睛，如果有好玩的玩具，我总会第一个先拿给她。另一个妹妹奥莉雅则是一个急性子的小女孩，她与父亲一样很容易发火，但纯真、善良、心思细腻。她是我忠实的好伙伴，在她的面前，我没有秘密，我总是把自己的思虑与幻想毫无保留地分享给她。

我的母亲呢？对于我来说，我的母亲是所有人当中最特别的存在——她赋予了我生命。而她对我的爱绝对是这个世界上最不求回报、最纯净的。她总是担心我会抛下她，将她一个人留下，这种忧愁使她常常独自流泪。她的这份忧虑之情也影响着我，我常常在想，爱是否就是令我们感到痛苦的原因呢？因为只要想到我们有可能会失去彼此，我们就会感到十分恐惧。

---

① 戈比：俄罗斯、乌克兰等国的辅助货币，100 戈比等于 1 卢布。

然而母亲现在已经独自一人在遥远故乡的土地上安息。随着时间的推移，她会慢慢地从人们的记忆中消失，成为那墓地里许多墓碑中的一个，直到完全被人们遗忘。直至今日我仍不敢相信，这样一个给予我生命并且养育我的人，最后只能留下一座墓碑让我来纪念和哀悼。但我想，她的名字会永远在我的心里，因为她的一生完完全全配得上这样一句诗："我的道路比你们的道路更高尚，我的思想比你们的思想更崇高"。

秘密花园

童年的片段总是在我的记忆里时隐时现，其中最清楚的画面是一片广阔的树林。林子里有一条蜿蜒的小路，那小路向着林子的远处延伸，道路两旁的灌木丛生长得非常茂盛。几个无知的孩童在小路上高兴地跑着，他们的笑声清脆得像是百灵鸟。

随着年龄的增长，我意识到了我并不孤单，我的父亲、母亲、哥哥和妹妹们都是我生活的中心，他们都会在我这短暂的生命中画上色彩浓重的一笔。

在我很小的时候，我常常会在夜里做伤感的梦，还会在半夜醒来，然后一个人发呆。我看着那玉镜一样的秋月悬挂在高高的天上，淡淡的月光洒在那空落落的庄园里，平添了不少悲凉与孤寂。但现在，我不再这样了。尽管半夜还是会苏醒，可每每醒来，我总会想到这座房子里还睡着我可爱的家人们，这样一想，我就会感到温暖，并安心地再次沉睡过去。

我逐渐发现四季变换的规律。在四季里，我印象中最深刻的是阳光明媚的夏天。那时，金色的阳光一股脑儿地倾泻而下，使平静而单调的农庄充满活力与色彩。当然，在其他的季节里也发生过很多有意思的事情，例如某一年的冬天，我们一早醒来，发现外面下了一整夜的大雪，房子被雪花覆盖着。大家齐心协力，花了整整一天的时间才挖出一条通往外面的通道，等通道挖好，大家都累得坐下来，却难以掩饰心中的兴奋。然而，在我的印象中，我的童年似乎只有夏季。

童年的快乐是一种简单的快乐，就好像一盒黑鞋油就可以让我开心很久。事实上，这世界上所有的快乐在不同的人眼里都会有不同的感受。有些事情，你觉得是快乐的，有的人可能不这样认为，甚至会对你产生怜悯之情。

可我那时候为什么可以这么快乐地生活呢？事实上，我出生和长大的农庄不在南方，那里并不是一个土地肥沃、物质丰富、人口众多的地区。那里没有漫山遍野的草地，没有三五成群的牛羊，也没有茂密宽广的森林。红霞下面只有无边无际的原野，到处是崎岖的山谷和斜坡，偶尔还有几处小树林和灌木丛。那里的农民过着简单的生活，他们从来没有见识过外面的世界，对自己的未来也没有过任何的向往，他们在这荒芜的村庄中周而复始地生活着。

这样的生活环境听上去并不是很美好，但我在这个地方真的很开心。我喜欢这里的夏季，太阳像火一样灼烤着大地，风犹如波浪一样奔腾，有时炎热，有时凉爽。在遥远的天空中，云朵犹如高挂的轻纱，令人遐想、令人神往。空气中充满了稻谷、野花和青草香甜醉人的气息，这样甘甜的芬芳气息是如此令人着迷。在阳光下，斜坡上无边无际的麦浪向人展示着变幻无常的景色：有时像一只威风凛凛的老虎向前跑去，有时像一匹仰天长啸的骏马四处飞奔。阳光透过那一层层白云发出微弱的光芒，把下面的麦浪照耀得像油画一样深浅分明。就连父亲那些陈年老旧的谷仓，在金黄色阳光的照耀下也犹如一片烈火，十分壮观。

在庄园的那么多地方中，我和小伙伴们最喜欢的还是洗衣槽。洗衣槽建在宽敞的院子中央，下面有一个很大的空间，我们可以在那里随心所欲地玩捉迷藏。我们常常脱下鞋子，任由我们那白嫩的小脚丫在这又软又厚的草地上奔跑着。太阳把草地的表面晒得滚烫。靠近泥土的地方却很是清凉，用脚踩在上面既清爽又舒适，十分惬意。

谷仓也是我们经常玩耍的地方，那里长满了天仙子。有一次我和奥莉雅吃了很多天仙子，最后都陷入了昏迷。为了救活我们，大人们不得不把刚刚挤出来的生牛奶灌给我们喝。醒来的时候，我听到自己脑袋里有奇怪的嗡嗡声，身体好像飘到了天空中，可以到处飞翔。在谷仓顶下面，我们还发现了很多像篮球一样大小的、有着黑金丝绒质地的大蜂巢。在菜园里，在干草棚附近，在打谷场和用人们居住的屋子后面，我们则找到了各种各样味道清爽的草根、草茎和种子。

这些地方，都是我的乐趣所在，都是属于我的秘密花园。

牧童

　　在童年无数次的冒险中，我与奥莉雅认识了一位牧童。他有着一双黑色的大眼睛，那双大眼睛里闪耀着精明而敏锐的光芒。他经常穿着打满了补丁的麻布衬衣和短裤，身上没有被衣服遮盖住的地方全被阳光晒得又干又黑，没有一处好的肌肤。因为他经常吃那些已经发酸了的黑麦面包皮，以及那些会让人嘴角溃烂的羊草，他的嘴唇不是开裂了就是流着脓。但这并不妨碍他是一个有意思的人。在他的影响下，我们常常试着去吃那些我们从未吃过的野菜和野草，这种打破禁忌的冒险行为，总能让我和奥莉雅从中体会到前所未有的兴奋和美妙。

　　牧童很擅长讲故事，他经常利用工作间歇给我们讲一些有意思的事情，大多数时候，我们都会沉浸在他讲述的那些离奇的事情中。他还可以熟练地耍长鞭，打、甩、抽，鞭子啪啪作响。每当看到他玩得兴味盎然的时候，我们总是想试一试，但每次我们都会被鞭子的尾端打到耳朵，使得他在一旁大笑不止。

　　在牧童的指引下，我们知道在马棚与牲口棚之间的菜园里有最丰盛的食物。我们俩学着他的样子，收集一些咸黑面包皮，品尝头顶着灰色花蕊的嫩绿的大葱，吃着脆白萝卜和胡萝卜，还有带着细小绒毛、表面凹凸不平的小黄瓜。

　　青葱的绿色覆盖着这一大片的菜园，瓜果蔬菜都藏在这一片绿色里，和我们一起捉迷藏。例如那小黄瓜，如果想要将它们摘下，你必须钻到藤蔓的深处，在里面捣鼓一番，才能把它们拿到手。不过这一点儿也没有惹恼我们。因为在柔软芳香的藤蔓中寻找水果和蔬菜，的确是一件令人放松和愉快的事情。

"你们为何总是要自己钻到菜园里去找东西吃呢？"看到我们浑身脏兮兮、蓬头垢面的样子，保姆和父亲、母亲都提出了这样的疑问。我总是沾沾自喜地想，因为我用这样的方式吃到的东西非常好吃。可这些东西究竟为什么会如此美味，甚至超越我以往吃过的那些美味佳肴呢？这个问题直至今日仍然让我感到困惑。

还记得有一天，太阳炙烤着大地，庭院里的青草地与洗衣槽都被晒得非常烫，空气沉闷得让人无法呼吸。不一会儿，大片的乌云就像一块黑布一样把天空遮住了，天色便暗淡了下来，天地间都是昏昏暗暗的景象。奥莉雅和我刚回到家中，把门窗关紧，拉上窗帘，耀眼的银色光芒在这时像利剑一样从空中闪过，好似要把窗帘分成两半。突然，震耳欲聋的雷声从天上传来，咆哮的声音甚至震动了大地。随着电闪雷鸣，倾盆大雨接踵而至。世间万物随着狂风漫天飞舞，这世界好像即将毁灭似的。过了一会儿，一切又恢复了平静。我们将门窗打开，走出屋子，兴奋地站在院子里，此时户外的新鲜空气充斥着大雨过后湿润的气息和田野上泥土的芬芳，这份自然所带来的快乐实在难以形容。这时，我父亲让我到菜园里去摘萝卜，我一路上瞧见不少花草。这一场大雨为花儿和草儿都换上了新衣服，它们全都精神焕发。我看准了一个水灵灵的大萝卜，便毫不犹豫地把它连根拔起。看着它脆嫩的样子，我忍不住尝了一口，直到现在，我还记得它爽口的甜味和雨后泥土芳香的味道。

随着时间的推移，渐渐地，有越来越多的事物进入我的视野。世界在我的眼中变得越来越广、越来越大。然而在这些事物中，最能引起我兴趣与好奇心的并不是人，而是动物和植物。花园的每一个角落都被我们玩遍了，在那里探险的每一刻都充满了乐趣。先不说郁郁葱葱的草地，多得像天上的星星一样的彩色鲜花，光是花园两边的树林就足够我们玩耍了。我们喜欢寻找藏在树枝上的活泼可爱的小鸟的巢，我们喜欢踮起脚尖采摘各种新鲜多汁的野果，它们比糖果还要甜。那座花园中的风景和味道，到现在仍然让我难以忘记。

马儿和燕子

在我看来，庄园中的每个地方都有自己独特的美。除了美丽的花园和丰富的菜园，我还常常会去什么都没有的牲口棚。那里的大门又旧又重，每次推开它，总是会发出吱吱呀呀的刺耳的声音。然而我并不畏惧这些刺耳的声音，恰恰相反，这些声音总令我感到兴奋。

更令人兴奋的是用来烘干小麦的烘干棚。在我看来，它就是一个头上顶着枯草和麦秆的巨大怪物，里面完全被黑暗笼罩着，空旷得让人害怕。如果你轻轻地走进去，站在门后，可以听到大风吹动屋子传出的呜呜声，就像是有人在悲伤地哭泣。不仅仅是我，我的伙伴们也觉得烘干棚十分可怕，大人们好像也对它保持着一定的距离。在这里有着传说中夜晚出没的"鬼魂"和常年不散的"幽灵"——这些故事都是我们偷偷地在大人们闲聊时听到的，这更加深了我们对于烘干棚的恐惧，同时，也使其更加神秘，成为我们心中的头号冒险圣地。

相比之下，马棚就显得温馨多了。我常常到马棚去看马儿，没有工作的时候，马儿总是被紧紧地拴在柱子上。它们昂着头，相互看着对方。它们总是试图制造一些声响，比如使劲吃着干草和麦秆，好像寂静会让它们感到不安似的。我一直很想知道，马儿的身体是那么庞大，它们究竟是怎样睡觉的？家里的马夫告诉我，它们是躺着睡觉的，可是瞧着马儿庞大的身躯，我难以接受这个答案。想想看，这么大的一个生物要躺下来，该是多么缓慢和笨拙。所以，我很想亲眼看到一次马儿睡觉的样子，然而这个愿望从来没有实现过，估计它们都是要等到夜深的时候，才会挪动自己庞大的身躯，笨拙地躺下休息。

大多数时候，马儿们都是直挺挺地站在马棚里，当它们肚子饿的时候，就会低头寻找干草和麦秆。每当看到它们强壮的身躯和光滑的皮毛，我就有上前触摸它们的冲动。当我没有事情可做的时候，我还会与马儿对视，我发现它们有着淡紫色的眼睛，时而锐利，时而温顺。马夫曾经说过，一年中的某一天，马儿可以为所欲为。在这天，它们可以发泄任何的不快，甚至报复。但除了这天以外，在其他的日子里它们都必须完成自己的使命，搬运东西、拉车和耕地。马棚的旁边是马车棚，里面放有一些提供短途使用的简易马车和一辆提供长途使用的设备齐全的马车，这些马车可以将我们一家人带到想去的地方旅行。

马车棚的每个角落都有燕子的巢穴。这些鸟巢都是用石灰砌成的，它们不仅坚固实用，外形还富有艺术感。燕子每天在棚里棚外来回穿梭，在天空中自由翱翔。偶尔，它们会停在马车棚门口或棚顶的横梁上，站在那里叽叽喳喳地聊着天。

燕子身上的羽毛呈现出十分富有光泽的深蓝色，非常引人注目。燕子是一种善于飞行的鸟儿，为此它们的头顶长得又长又尖。当它们飞向高空时，就像一道道闪电，动作快、准、狠。在我眼里，这些燕子就是一位位美丽可爱的小姑娘，不时地给我们带来温暖人心的低语。有时候，看着它们，我不禁悲伤地想，如果有一天我离开了这个世界，我将再也看不到这些美好的东西了。森林、蓝天和燕子，我所熟悉的一切都会消失，这件事带来的恐惧曾一度击溃了我。

现在回想起来，我经常沉浸在一些浪漫而悲伤的思绪中不能自拔。我记得我们住所的远处有一个荒芜的地方，叫作普罗瓦尔。那个地方位于一个非常偏远的山谷，面积很小，到处都是悬崖峭壁。四周长满了野草，十分荒凉，深不见底。在这大片的杂草丛中，生长着一簇簇深红色的花朵，罕见的褐色花茎非常黏手。如果侧耳倾听，寂静中会传来几声山麻雀的叫声，迷人而婉转，好像在吟唱着一种悲伤的幸福。每当我路过这里，或是和我的伙伴们来到这里玩耍时，我都会想，如果能在这个没有被世俗污染的荒野里，和一个人相遇、相识并共度一生，那该是一件多么幸福的事情啊！

庄园的人们

大自然的美景和无穷魅力使我着迷，而庄园里的人们也是可爱、美好的。

清晨，我父亲通常是第一个醒来的人。随着他发出叫喊声和咳嗽声，我们也一一从睡梦中苏醒。如果天气晴朗，我的心情也会随之变得特别愉快。一起床，我就迫不及待地跑到果园里寻找我心爱的红樱桃。早晨的樱桃总是特别晶莹剔透，新鲜多汁，挑一颗摘下放进嘴里，酸甜的味道瞬间充斥口腔，令人感到幸福而舒适。

最有活力的地方是牲口棚——大门打开的声音、燕子的啼叫声和人们的喧闹声，谱成了一首欢快的歌曲。人们大声呼喊着，赶着牛、猪，还有浑身雪白、走起路来活蹦乱跳的绵羊去吃饲料。伴随着嘚嘚的马蹄声，无数匹马正整齐地向前移动着，并聚集成一支壮大的队伍走到水池边饮水。

与此同时，在明亮的厨房里，蓝色的火焰从炉子里探出头来。小狗被食物散发的香味吸引，摇头晃脑地跑着、跳着。它要么趴在窗前偷偷地看着，要么跑到厨房门口摇着尾巴，这是它和厨娘撒娇的方式。

喝完早茶后，如果父亲心情不错，他会带我乘着一辆简易的马车巡视庄稼地。一进入农田，就好像回归到了最原始的生活。大多数农夫们会脱掉马靴，甚至不戴帽子，专心于耕地。他们不仅要跟得上马的步伐，还要始终保持平衡，确保自己不会摔倒。这不是一件容易的事，但每个人都做得很熟练又快乐。菜园里的女孩们就淘气多了，或许前一分钟还在拔土豆，下一分钟就跑去摘玉米了。菜园里总是传来女孩们的喧闹声和欢笑声，偶尔还会回荡着歌声，就像一片快乐的海洋。

在望不到边际的燕麦田里，又呈现出截然不同的景象。这里有着许多皮肤黝黑的农夫，他们手上拿着镰刀，不停地劳作。他们割麦子时发出来的霍霍声，比菜园里女孩们的歌声更有节奏，更加动听。这些农夫中有几个口才很好，他们肚子里好像装的都是故事，每次见面，我都能从他们口中听来几个有意思的故事。例如，他们如何在别人的镰刀下救了一个可怜的鸟窝，又如何差点儿抓住了擦肩而过的飞鸟，或者如何英勇地把一条大蛇砍成几段。我对这些故事很感兴趣，每次都会听得津津有味。而妇女们则把衣摆别进裤腰带里面，跟在自己的丈夫后面，麻利地用锄头翻着麦地。当她们累了，就会停下来，伸直腿休息一会儿，然后将割好了的麦子捆成一捆，垒成一垛。这些妇女们告诉我，她们更喜欢在晚上捆麦子，因为白天空气太干燥，一不小心，麦穗会从麦秆掉下来落在地上，这就太浪费了。我想象着在闪耀着月光或星光的夏夜，她们沉浸在麦秆散发出来的香气中，这样一想，辛苦的劳作也能品味出一些诗情画意来。

中午，食物的香味不断从厨房中飘散出来，我的父亲和在田里劳作的农夫们陆续回家。有的人怜惜和他们一起努力工作的马儿，就会先让马儿在池塘里洗个澡。从水里出来的马儿全身都湿漉漉的，被耀眼的阳光一照，它们身上的皮毛就闪闪发光，呈现出别样的光泽来；

有些割草的农夫，不仅用杂草填满了他们的车，还把一起割下来的花朵，带回去送给自己的孩子和妻子。

在这样一幅生动而忙碌的画面里，我的哥哥尼古拉也经常出现。他总是和一位名叫萨申卡的女孩坐在一辆装满杂草的车上，他们互相依偎，相视微笑。尼古拉哥哥戴着一顶白色的休闲帽，穿着一件敞开的麻纱领衬衫，看起来干净而充满活力。萨申卡则手拿着一只水壶，她的眼睛里总是流动着温暖而柔和的目光，脸上洋溢着青春的光彩。每当看到他们时，我的心中总会升起一种幸福的感觉，我真诚地希望这样美好的景象永远不被人打扰，永远地持续下去。

巴斯卡科夫

日复一日，年复一年，冬去春来，时光就这样匆匆流过，没有留下任何痕迹。不过随着时间的流逝，我对自己的认识也变得越来越深刻。

在我母亲的卧室里，正对着门口挂着一面镜子。有一天我跑进了卧室，忽然在这个椭圆形的镜子里看到了自己，我一下子愣住了。我虽然也曾经照过很多次镜子，但仅是在出门前检查一下自己的着装是否得体，随意地看上一眼就走出去了。如此仔细认真地观察自己，那还是第一次。镜子里面显然是一个七岁左右的、身形修长、气质稳重的孩子。他身穿一件棕色的斜领衬衫，一条黑色的毛哔叽马裤，脚上穿着一双破旧、却很合脚的黑色山羊皮靴。镜子里的孩子正用充满惊讶甚至有些惊慌害怕的眼神在看着我。

是的，当时我对自己感觉是那样陌生，陌生到有些害怕、不安。但是还好我最终接受了自己的身体变化，并且开始喜欢起镜中的孩子来。那时我大概七岁，行为举止稳重，表情丰富。我经过一整个夏季的暴晒，皮肤呈现出健康的浅黑色。在仔细打量自己的过程中，我突然认识到了自己的魅力，猛然发现自己已经不再是以前那个什么都不知道的小孩了。我朦朦胧胧地意识到那一刻是我人生中的分水岭，并因此感受到一种名为"忧愁"的东西，好像这个转折会把我带到不好的方向。

事实也是如此，我记忆中那段充满欢乐与幸福的时光，在这时也就停下了脚步。在那之后不久，我第一次生了严重的病，而亲爱的娜迦和我的祖母也相继离开人世。幸运的是，在不幸发生之前，巴斯卡科夫闯进了我的生活，我从他的身上得到了一些全新的、难以获得的知识，还有感情和思想。

那年初春，在一个寒冷、阴霾的日子。巴斯卡科夫穿着长礼服，突然出现在我家的院子里。他长着一个鹰钩鼻，面庞呈现深黑色，身材瘦小，驼着背，怪吓人的。听大人们说，他的性格疯狂，还是政法大学的学生时，他就和自己的父亲大吵了一架，在那之后就离开了家。在他的父亲去世之后，他又因为分割遗产的事情而大发雷霆，不但把那遗嘱撕成了碎片，还辱骂了他的兄弟，他郑重说明自己一分钱也不拿，并且永远离开了自己曾经居住过的地方。这次离开家之后，巴斯卡科夫就过上了居无定所的日子。他的身体里面仿佛住着一个"自由的灵魂"，没有办法在同一个地方长久地待下去。一开始，他在我们家也无法安定下来。他刚来到我们家不久，便和我的父亲大吵了一架，甚至还动了刀剑。但当他第二次来的时候却出现了奇迹：他在我们家里住了整整三年，一直到我上中学。后来，巴斯卡科夫告诉我，一直以来，大家都不喜欢他的性格，嫌弃他对于别人太过于藐视和不信任，看待社会的眼光也过于冷酷和黑暗。可在我们家，尤其是我，却对他表现出了真诚的包容和热情，正因为如此，他决定留下来。

和巴斯卡科夫越熟悉，你就会越敬佩和依赖他。逐渐地，他便成了我的朋友和我的人生导师。我是一个生来就精神高度敏感的人，这种敏感是带有遗传性质的，我的父亲、母亲、祖父和曾祖父身上都有这样的敏感，但是我的敏感被巴斯卡科夫全部、彻底地开发了。其实，作为一般意义上的老师，巴斯卡科夫是完全达不到标准的。比如，我的母亲曾经建议他教我学法语，虽然他很快就执行了这项任务，但并没有坚持太久。为了我能考上中学，他在城里订购了一些必须学习的课本，却只是单纯地让我把这些课本背下来。总而言之，他的教学方式简单而粗暴，比起在功课上影响我，他给我的影响体现在了另外一个方面。

巴斯卡科夫是近视眼，白色的眼球上面常常布满了红色的血丝，看起来就像被煮熟的虾球。他的瞳孔是深褐色的，目光亮得像火炬一样，再配上脸上丰富的表情，时常会让人产生危险的错觉。当他走路的时候，更确切地说，是当他跑步的时候，他那干枯花白的头发和那件长久没有换洗的、老旧的长礼服就随着风飘扬起来。夏天，他睡在谷仓里，说那里够大、够凉快。冬天，他睡在已经废弃了的用人房里，说那里够暖和、够封闭。他对吃食从来不讲究，只有伏特加酒和醋拌芥末才能使他产生兴趣。总之，他全身上下都有着让别人无法理解的怪癖。

在普通人眼里，巴斯卡科夫是腼腆而孤僻的，他总是沉浸在自己的世界里难以抽离。很多时候，他都迈着他那双罗圈腿，在房子和院子中的每个角落快速地走来走去，还不时地发出莫名其妙的笑声。当然，他有时候也会突然提起兴趣，和他人亲近，对别人热情起来，这偶尔的一时兴起，反倒是叫别人满头雾水、心生疑虑了。

但毫无疑问，巴斯卡科夫对我和对别人是完全不一样的。即使是在他情绪消极的时候，只要我一出现，他就会立刻向我飞奔过来，迎接我，搂着我的肩膀去花园或者田野，找一个安静的角落，绘声绘色地给我朗读文章或讲故事。

听巴斯卡科夫讲故事是一种享受，他面部表情十分生动，手势丰富，还有多变的声调，他讲的那些内容生动逼真，牵动人心。他看书时很喜欢把书放在离眼睛很远的地方，然后习惯性地眯起他的左眼，很有气势。对于所要讲述的内容，他常常只考虑故事本身的需要，完全没有顾及我的年龄。我隐约地觉得，他讲的那些故事都是他亲身经历过的事情。比如，要怎样才能既不向恶势力低头，又避免与他们发生正面的冲突；在莫斯科念书的时候发生了什么有趣的事情；以及在离家出走之后的那些没有安身之处的日子。我相信他见识过人世间最卑鄙、恶劣的残忍，却没有自艾自怜，而是选择了一种坚强的英雄式的朗诵语调，站在十分美好的角度，用美妙的方式把人们喜欢的那些部分表达出来，将悲伤的部分轻轻地略过。我在听他讲述这些故事时，总是会忍不住投入自己的情感。对于那些惨痛的遭遇，我感到愤怒又怜悯；对于那些幸福的描述，我又发自内心地为他开心，并且被这份幸福深深吸引着。

巴斯卡科夫特别喜欢画水彩画，成为一名有名的画家是他毕生的心愿。因为受到了他的影响，我也对绘画产生了浓厚的兴趣。有一段时间，只要一看到绘画工具，我就抑制不住自己情绪上的波动，全身上下都打起颤来。我可以从太阳升起时就站在画布前涂涂画画，一直画到夜幕降临、湛蓝色的天空逐渐变成神秘的浅紫色。在极热的晴天里，光线非常刺眼，阳光透过树梢照在了大地上，忽明忽暗、斑驳陆离，像破碎的玉石一样散落一地，整个世界都流光溢彩。也就是在那一段日子里，我对大地和天空的颜色有了深入的感受，这个感觉是那样鲜明而深刻，我想直到我离开人世时，也无法忘记。

白嘴鸦与匕首

童年时，我对这个世界满怀善意，与此同时，我对于任何用钢制成的物品有一种莫名其妙的情愫，这种异样的情愫使我在无意间让一只断了翅膀的白嘴鸦结束了生命。

这件事要从父亲的匕首说起。在我父亲书房的墙壁上，挂着一把古老的匕首。有时，父亲会当着我的面把匕首拿下并拔出，然后在衣服上面轻轻地擦拭几下。有一次，我克制不住自己的好奇心，用手小心翼翼地抚摸了一下这把明晃晃的匕首。在那一瞬间，平滑坚硬、冷入心扉，那种感觉很特别，我对此十分痴迷。

白嘴鸦出现的那一天，院子里十分空旷，一个人也没有。白嘴鸦的羽毛是黑色的，因为受伤，它只能笨拙地撑开一只下垂的翅膀，侧着身子匆匆忙忙地向谷仓那边跑去。一看到它，我就想起了父亲的那把匕首，并且想也不想地就跑到书房里取下了它。当我赶回到白嘴鸦的面前时，它已经只剩下一口气了。我永远记得它那一双光亮的眼睛，虽然里面带着恐惧，却充满了与敌人决一死战的勇气。它毫不示弱地趴在地上，尖尖的嘴巴张得大大的，不时发出嘎嘎嘎的嘶哑的叫声，好像在向我这个强大的敌人发出最后的吼叫。当我拿着匕首挥向它的时候，它像一个勇士一样，不但没有躲开，反而向我迎了上来，鲜血溅在我的手上。

这件事情的发生，在我的人生里留下了一个重要的印记。我曾经很多次许下愿望，希望得到白嘴鸥的谅解与救赎，让我的心灵获得慰藉。但是那只受伤的白嘴鸦最后濒死反抗的模样一直在我的脑子里，难以忘怀，在很长的一段时间里，我都很难集中注意力，心中满是烦恼和不快。

直到后来我才知道，这所有的一切，都源于我对这个世界上所有事物的好奇心。这种好奇心是我与生俱来的，是没有办法去改变的，但是我已经学会了不去听从它的差遣，不去残害别的生命。

除了白嘴鸦的那件事，我的顽皮捣蛋大多数都无伤大雅。比如我和巴斯卡科夫曾经多次爬上屋顶，去寻找先祖们的马刀。这件事情做起来可不是那么容易的，我们需要在黑暗中猫着腰，沿着一把十分陡的梯子一步一步向上爬，还要经过堆在上面与日俱增的杂物与灰尘。因为上面密不透风，温度有些高，空气又沉又闷，还散发着让人想吐的过期烟火、火炉和油烟的恶臭气味。只要轻轻吸上一口，都会让人头晕眼花。而那些在屋顶上和田野里来去自由的风，到了这里就变成了吓人的声响，像是那些恐怖电影里面"妖魔鬼怪"出现时候的配乐。

如果忍受住了这一切，越往上爬，空间就会越宽敞、明亮。逐渐地，暗淡的光线就会陆陆续续从天窗自上而下地照进来，我们就会借着这珍贵的光，爬过烟道与烟囱，在横梁的四周仔细观察。每次，我们都会把屋顶翻个遍，但是没有一次有例外，我们收获到的只有尘埃。精疲力竭地寻找之后，我总是会趴在横梁上休息，而巴斯卡科夫就斜靠在一边，手里卷着香烟，目视前方，好像是在思考什么。他为什么不喜欢过平静、正常的生活呢？他为什么选择漫无止境地流浪呢？我忍不住去想。然而，我却从来没能得到答案。

体力稍微恢复之后，我还喜欢爬到天窗的四周，沐浴在一小片亮光下，猜想现在外面的庄园里发生着些什么。阳光这样明亮而美好，它应该是金光闪闪的。周围的花草树木纵情绽放，蜷曲的树叶自由舒展，抬起头来看向树枝，映入眼帘全都是绿色，太阳从树枝的缝隙里透出来，像钻石一样夺目，小麻雀在那里面叽叽喳喳，蹦来跳去。田野与花园排成一排，蔓延到遥远的地方，牧场的后面是生机盎然的树藤，谷仓分散其中，草屋像天空中的星星和棋盘上的棋子那样罗列分布着。

那个时候，整个农庄在我的眼里就是一片深奥的天地，里面藏着许许多多的、不同寻常的秘密，那些秘密等待着我去发现和探索。那种简单的满足感和天真的好奇心，现在却是如此珍贵。

图画书与诗歌

巴斯卡科夫陪我读了很多的书籍，其中《堂·吉诃德》是第一本。这本书写的是关于欧洲中世纪骑士时代的事情，越是读到后面，我就越被这个神秘的时代所吸引。书中的文字与图片令我魂牵梦萦，如痴似醉，那些故事中出现的吊桥、高塔、城墙、城堡不断地出现在我的梦中。

后来，我在托尔斯泰的书里看到这样一段文字："瓦尔特堡这个地方让人多么流连忘返啊，那里有叫人兴味盎然的、来自十二世纪的用具。就好像你的心在亚洲跳动一样，我的心也在这个骑士的世界里热烈地跳跃与搏动。现在我才真正地感受到，自己是属于那个骑士时代的。"这段话好像说出了我的心声，看完《堂·吉诃德》后，我的脑海里便只剩下了城堡、剑和骑士，我甚至梦到自己成了身穿铠甲、顶戴头盔、手持着弯刀与弓箭的战士，在战场上奋勇杀敌。

除此之外，鲁滨逊、海洋、热带世界和三桅军舰也让我十分沉迷。

噢!《鲁滨逊漂流记》《环球旅行者》这两本书可都是我十分喜欢的读物。这两本书里都有很多插画,《环球旅行者》里面还夹着一张很大的颜色泛黄了的世界地图。地图上面做了许多的标记,大部分是浩瀚的海洋,还有一些零零散散的小岛。这些大海和小岛的迷人魅力,使我一生都沉醉其中。茂盛的椰树林,孤单的小船,被大叶子覆盖的简陋的草房和手握弯刀、在丛林里面奔跑的土著人……看着书本里的文字和各种插画,我仿佛也跟着一起经历了曲折离奇的故事,领略到了浓烈的思乡之愁。我忍不住想知道,书中写的这些有意思的事情和经历,在庄园里有可能发生吗?

《土地与人》这本书我更加喜欢,因为这本书里的插画都是彩色的。直到现在我还对其中的两幅画印象深刻,这两幅画的色彩都十分艳丽,其中一幅的主题是古埃及的金字塔,四周散落着骆驼和刺葵;另一幅画的是椰子树与长颈鹿,椰子树长得格外高大挺拔,长颈鹿全身布满斑点,长长的脖子从远处看去,就像是一个斜坡。长颈鹿的旁边还有一只颈部长满了长毛的狮子,它可以腾空、蜷缩,变换成各种各样的形状,和长颈鹿一同玩耍。这两幅插画无论是整个的大物件还是像椰子树叶那样的细节,使用的颜色都特别鲜明。天空是清澈的蓝色,一尘不染,好像象征着一种率真、坦荡的精神;大地则是亮黄色的,在蓝天的对比之下显得更加厚重、宽阔。在很久之后,当我真的来到埃及、利比亚等热带地区时,我不得不感叹,这些地方的美景和我看到那两幅画时所想象出来的画面简直一模一样。

而对于诗歌,我第一次沉迷其中是因为普希金写的《鲁斯南和柳德米拉》前言里面的文字："一棵绿树耸立在海港旁边，树上还挂着一条金光闪耀的链子。"

有很大一部分人不懂得欣赏诗歌中藏有寓意的美，他们会觉得那是装模作样，是在浪费青春、时间和生命。然而，也有一部分人会被那美妙的诗触动到内心深处。我属于后者，对那些优美的文字，我完全没有抵抗力，它们会一辈子深深扎根在我心中，成为我生活中的必需品。

例如前面说到的普希金写的关于海滩的诗，诗中描绘了一只博学多才的猫被绑在了沙滩的橡树上，沙滩上还有美人鱼、树妖等。很多人认为诗里面的所有东西都是作者虚构的，因此，阅读它没有任何意义。事实上，这首诗用词十分精确，描绘的故事活灵活现，能够给人带来非同一般的感受。

让我印象深刻的书还有果戈理的《可怕的复仇》和《旧式地主》，从童年开始，它们就一直盘旋在我的脑海里，怎么也忘不掉。"迷人的夏雨，以雷厉风行的气势滋养着万物生灵，在花园的各个地方玩闹嬉戏，并且给大家带来凉爽惬意。""还会有一些流浪猫在花园与密林里上蹿下跳。""在外面被榛树覆盖住的、看不到的、古老而神秘的树，那些古树像是尖尖的长了羽毛的鸽子脚，十分可爱。"这些动人的描述，都逐渐成为我人生中不可缺少的一部分。

其实，直到现在我也没有想明白，当时自己的年纪还那么小，怎么会感受到书里面所讲述的事物，并且全身心地投入其中呢？那种感觉就像是书本里所描述的事情都是我亲身经历的，神奇得不行。而它给我带来的好处就是，从那个时候开始，我便能明辨是非黑白，内心向往着美好的事物，知道自己需要什么，不需要什么。我也学会了主动远离和忘记那些不美好的东西，对美妙的东西充满向往和喜爱，因此，从那以后，我对自己的判断能力和对美好事物的鉴定、欣赏能力永远都充满着自信。

死亡

我的少年时代是在绘画和诗歌中开始的。书本里的世界五彩缤纷，但不幸的是，我真实的生活与书本可谓大相径庭，毫不夸张地说，我的生活算得上是非常贫乏。

前面已经描述过了，我的生活环境是没有边际的荒原，那里没有高山，没有清水，分不清楚哪里是庄园的尽头，哪里又是它的开始。至于书里所讲述的各式各样的西洋的东西，我更没有见识过。那时候，我只知道附近一个村庄里有一家杂货铺，那里面卖得最多的是节日里要用的桂皮、甜腻腻的角状食物和各种葡萄酒。说到葡萄酒，酒瓶在我的生活里出现的频率越来越高了，因为我的父亲开始酗酒了。

相比杂货铺，村庄里的教堂给我的安慰更多。它那高耸的拱顶是多么雄壮威严，屋子在蜡烛光芒的照耀下显得金碧辉煌，手提的香炉里散发出浓烈的香气，让习惯了农舍、树林和鸟叫声的我好像进入了新的世界。

同样在教堂中找寻慰藉的还有我的母亲。生活中的经历给母亲带来了很多悲伤的情绪，母亲对生活早已没有了什么热情，她开始每天诚心诚意地祈福，为将来做着打算。相比之下，其他人好像都在浑浑噩噩地消磨着时光，尼古拉哥哥不务正业，因为沉迷于乡间的生活而放弃了学业回到家乡；格奥尔基哥哥沉迷于拉夫罗夫和车尔尼雪夫斯基等作家的作品中，对庄园里的事物不管不顾。至于我呢，按照尼古拉哥哥的说法，我的未来不过是等长大之后找个工作，娶一位妻子再生儿育女，然后为了买房子而节衣缩食。这样的说法像是一个诅咒，使我既讨厌又害怕，三番两次放声大哭起来。

　　于是，住在卡缅卡庄园的最后一段时间里，我被病魔压垮了。有一天，我感觉浑身无力，既没有吃东西的想法，也没有出门玩耍的念头，对家人们也失去热情，好像一瞬间失去了所有的喜怒哀乐。我不分昼夜地昏睡，只有一点儿仅存的微弱的呼吸证明我依然还活着。我睡得并不安稳，经常会被噩梦吓醒。其实，在梦里出现的都是一些没有规律的，甚至称得上是荒谬滑稽的事情。最难忍受的是，我有时候清醒过来，所有人，包括我的母亲，都幻化成了最可怕的东西，而我的卧室也变成了漆黑一片的地洞。

　　正当所有人都认为我患上了不治之症，没有办法好起来的时候，我又莫名其妙地恢复了健康，不但能吃得下黑麦面包，身体里也充满了温暖舒适的感觉。大家都为我身体的好转而感到开心，当时正好是圣诞节，家人们为了庆祝节日都从远方赶了回来，就连离开家里好久的格奥尔基哥哥也回来了。那些天，大家都非常高兴，家里每天载歌载舞，来了很多宾客，从早到晚一直热热闹闹的。

或许是因为这没有顾虑的幸福不能存在，没有任何征兆，我最亲爱的小妹妹娜迦生病了。她的病情来势汹汹，前一天还能看到她睁着一双漂亮的蓝眼睛，迈着壮实的小腿跑来跑去，一边跑一边发出银铃般的笑声。下一刻，她就已经面色惨白地躺在床上。节日欢快的气氛一下子跌到了谷底。随着时间的推移，家人们一个接着一个地离开，陆续回到了原来的生活，娜迦却发着高烧，还在昏睡。缺少了她的笑声，房间里总是散发着一股忧郁、悲伤的气息。我每次看到窗帘随风飘动，蜡烛的光时明时暗，都不禁既担心又害怕。

在一个寂静的深夜里，坏消息随着保姆悲痛的呼喊声到来了。我们全家人看着保姆急急忙忙地推开客厅的门，嘴里不停地说着话，而我们却花了很长时间才听明白"娜迦去世了"这句简单的话语，好像只要我们拒绝听明白，娜迦就不会离开我们。庄园陷入了从来没有过的寂静，从来没有过的绝望传遍了我的全身，周围的世界好像在那一瞬间轰然倒塌。

娜迦的早逝是我出生后第一次面对死亡，即使我刚刚从生病中恢复过来，刚刚感受到"生"的美好，可这巨大的打击仍然让我在那一瞬间失去了活下去的希望。我突然明白了原来每个人都会离开，而我们自己没有办法控制。不仅是人类，世界上活着的每一个生命都会死亡，而且每一分钟都可能会有类似娜迦离世那样突然的灾祸。

直到现在，我依然记得娜迦被放入棺材移动到墓地前时，那黑紫色的嘴唇，并为此感到无比恐惧。为了寻求安慰，我开始不停地向上天祈祷，想祈求上天保佑我，抚慰我那颗受了惊吓、被伤害的心，拯救我离开苦海。

于是那个冬天，我渴望而不知满足地阅读起了所有能帮助我摆脱苦难的书籍，像苦行修士一样严格地要求自己，每天只吃黑面包、喝白水。

这样的期盼持续了整个冬季，随着春季的到来，我的阴霾才慢慢消散了。天气渐渐放晴，阳光照暖了双层窗户，窗玻璃上有苏醒过来的苍蝇在爬来爬去。到了四月份，我们挑了一个天气晴朗的日子，动作纷乱，乒乒乓乓地拆下了用来在冬天避风的窗户，屋里瞬间充满了生机。过了不久，房间内每一个角落的空气都充斥着泥土湿润的气息，白嘴鸦响亮的啼鸣既欢快又悦耳。黄昏有白白的云朵聚集在天边，傍晚有呱呱的蛙鸣声回荡在池塘里。无论是大地还是我们，都逐渐从灰暗、沉闷的世界里苏醒过来。

入学考试

我记得那是八月，阳光明媚的一天，一所男子中学终于录取了我，我正式成为这所中学的一年级学生。直到现在我也依然记得，入学时要戴的帽子是一顶天蓝色的帽子，上边还嵌入了一枚闪闪发光的徽章，徽章的颜色是我喜爱的银色。

这一年，娜迦的死对全家人的打击都非常大，幸好大家最后都从悲痛中恢复过来了。即使是我的母亲与保姆，也熬过了那一段最艰苦的时间。她们现在谈论起娜迦的聪明调皮，还是会忍不住笑出声来。当然，有时候她们也会哭泣，但已经与之前的悲伤不一样了。我们相信娜迦是比我们更早地去了一个美好的世界。

其实，娜迦离开人世后不久，我的外祖母也离我们而去。因为上了年纪，身体不好，死亡对她来说反而是一种解脱，家人们也没有因为外祖母的离世而感受到巨大的冲击。外祖母的离世还给我们家带来了一些好处，那就是她名下的巴图林诺庄园被我们家继承，这份遗产填补了我们家因父亲而产生的亏损，这才使我们逐渐落魄的生活境况有了好转。

就在继承遗产的那一年，我们选了一个天高气爽的日子，全家搬迁到了巴图林诺。或许是因为换了新的环境，我们的心情也随之高涨起来，娜迦离开人世带来的阴霾状态被一扫而光。

巴图林诺庄园有很多老旧的储藏室，还有一栋老旧的房子。在房子的两旁有楼梯，楼梯的两边是一些大圆柱子，大厅里面的玻璃不是大红色就是宝蓝色，显得年代久远。外祖母还给我们留下了很多马匹，父亲在那些马中选了一匹性子相对温顺的母马送给了我。我和这匹马很投缘，只要我吹一声口哨，就可以在任何时间、任何地点指挥它。

在巴图林诺生活不久之后，我就迎来了自己的入学考试。那天，我的父母、哥哥、保姆和巴斯卡科夫都到院子里送我，奥莉雅妹妹好像感受到了即将来到的别离，忍不住地哭了出来。

当时我打心底里就不希望自己能考上中学。因为一想到要和家人们分开，到一个不认识的城市，一个人孤独地过着生活，我就迟疑又纠结。但格奥尔基哥哥经常在我面前描述中学的美好场景，如帅气的校服、忠诚的好友，打破了我对那陌生环境的不安。格奥尔基哥哥的话一直对我有很强的说服力，他面容清秀，额头饱满，虽然脸上消瘦，但眼睛却很有精神，是一个十分英俊的人。当时，格奥尔基哥哥已经考上了莫斯科大学，名声传遍了整个村子。他就是从我要报考的中学里毕业的，他在那儿还得到过一块奖牌，到现在他仍然把那块奖牌挂在胸前。

事实上，我为了考上这所中学，接受了足足三年的苦训，不仅要背乘法口诀，要背每个部族的特征，还要练就一手漂亮的字。格奥尔基哥哥经常说："世上无难事，只怕有心人。"我想他是说对了，从准备考试到被学校录取，所有的事情都比我想象中的还要顺利，所有的难题都迎刃而解，甚至比我预期得到的效果更好。

入学考试一结束，父亲就得到了学校的通知，说我被正式录取了，开学时间是九月一日。得知我被学校录取的那一刻，父亲深深地松了一口气。考试的时候，他一直在休息室坐立不安地等我出来。和我见面后，他说："我们先去裁缝店给你做一身衣服，再去吃一顿好吃的。"

父亲果然带着我去找了他最喜爱的那位裁缝。裁缝店藏在了街道的拐角里，推开门，店里的空间十分狭窄，东西被堆放得到处都是，帽子随处可见。裁缝个子矮小，身穿黑色的长礼服，浓密的头发上扣着一顶呢子帽。我觉得他看起来似乎不太高兴，全身散发着强烈的忧郁气息，但父亲很欣赏他的专业手艺。事实上，他的手艺很快得到了验证，从他给我做的这顶帽子就可以看出来：帽子的颜色是宝蓝色的，上面还带有两个银色的装饰品，既像鹿角，又像树枝，在阳光的照耀下特别耀眼。父亲说我戴上帽子后显得十分神气。

走出了裁缝店，我感到特别轻松，长久以来，为了能考上好学校，我不敢有任何一分钟的松懈。现在所有事情都在往好的方向发展，我还有三个星期的假期，自然快乐得不行。

打猎

在假期里的一天，父亲让我跟随他一起去打猎。我们带上了猎犬，带齐了猎枪、猎袋、长靴等装备出了家门。

那天的天气特别炎热，父亲穿着一件花衬衫，戴着一项白色的帽子。他身材强壮，高大威猛，一直都能给我足够的安全感。走在他的身边，我的世界里好像只有他踩在麦秆上面发出的咯吱声和他抽烟吐出来的烟圈。打猎时，我紧紧地跟在父亲的右后方，那是个副手的位置，我为自己能一直站在这个位置而高兴。

一路上，父亲不时地吹响几声口哨，猎犬一听到那哨声，立马兴奋起来，它摇摆着圆滚滚的身体，抖动着小尾巴，在我们面前跑来跑去。夏天的田野既宽敞又明亮，到处充满了生机。如果运气好的话，远方的天空会吹来一缕缕微风，缓解太阳暴晒给我们带来的不适。

我们穿过一片土豆地，来到一个池塘。池塘的水面在阳光的照射下发出亮眼的光芒。这个池塘的位置十分特殊，它隐藏在巴图林诺庄园右边的一个山谷里，池塘两边被山坡围绕。由于野生动物的啃食，山坡上面一点儿草也没有，只留下一些孤独、寂寞的白嘴鸦眺望天空，好像在一起思考着什么。父亲看着白嘴鸦说："它们一到秋季就会一起往南迁徙，去参加它们那所谓的大聚会。"不知道为什么，听到这句话，再看看沉默的白嘴鸦，我的心中涌出一种莫名的别离愁绪。我想，去城里上中学，不仅是要离开家人，还将要离开家乡夏天的绚烂天空，离开我所熟悉的环境，这确实令人惆怅。直到现在，那个寂静的庄园依旧是我最灿烂的记忆。它和我已经消逝的童年一起，像花朵一样在我的心里面灿烂绽放。

我和父亲没有在池塘停留很久，而是一直向着左边前进。那是一片被耕种过的、没有边际的田野，我们沿着田野中间的田埂走向前去。路上我看到一匹年幼的小马拖着耙子在犁着干硬的黑泥土地，那枣红色的皮毛看起来很熟悉。我定睛一看，是的，娇弱瘦小的身躯，打着卷、细软的马鬃毛，这不就是父亲送给我的小红马吗？我感到非常气愤，为什么他们没有征询我的意见就把我的小马牵出来犁地呢？这是完全不尊重我的行为。我看着那小马重复地翻起地里的一块块泥土，再把泥土踩碎。它尽着自己的职责，没有一丁点儿的抱怨。后面跟着的小伙子，则小心地牵住缰绳，四肢不大协调地向前走。逐渐地，一种悲伤的情绪淹没了愤怒，涌上了我的心头。我放弃了找他们理论的想法，跟着父亲默默地离开了田埂。

我们要去打猎的地方是一个叫作扎卡兹的原始森林，它的主人有点儿像独行侠，每天只生活在自己的庄园里面。庄园被一群牧羊犬包围，保护着主人的安全。这位主人从来没有与别人和平相处过，总是在不停地打官司，就算是付工钱也没有农民愿意帮助他打理庄稼。我们沿着路看到被破坏的庄稼，全部都是那位主人的。沿着庄稼一直往前走，路的尽头就是扎卡兹森林。在这里，发黄的树叶上洒满了阳光，温暖了人的身心，沁人心脾。

鸟儿差不多都已经往南边迁徙了，只留下一些乌鸦在空中盘旋，久久不去，发出欢快的鸣啼。现在已经是八月份了，树叶逐渐脱离树枝，森林看起来十分空旷。通过树枝相互穿插的间隙，可以看到很遥远的地方。我们从桦树林中穿过，看到那些高大的树木，之前繁茂的枝叶随着季节的变化已经变得零零星星的，还被涂上了一层灰黄色。空气里面到处都是干枯草木的香气，向远处看，前面宽阔的草地上散发着太阳暴晒后的余温，草地前面横穿过一簇小树丛，树苗在太阳底下轻轻地颤动着，散发着耀眼的光芒。

我们一边观赏风景，一边沿着崎岖小径向林子里的池塘走去，忽然，树丛里发出一声刺啦的声响，一只山鹬从里面冲了出来。它用极快的速度在我们的脚下绕了一圈，然后猛地一下扑打着翅膀，向远方天空飞去。父亲被这突然出现的小家伙吓得愣住了，反应过来的时候却只能看到它渐渐飞远的背影了。可父亲并没有放弃，仍然朝着天空开了一枪，只不过枪声被那广阔的天空吞没了。

因为错过了山鹬，父亲很是介意，他气鼓鼓地来到池塘边，把猎枪放在一旁，不停地在池塘里用手舀水喝。过了好一会儿，他才在小道上顺势躺了下来，拿出烟来抽。

我看向池塘的四周，池塘坐落在一个荒无人烟的地方，池塘里的水像镜子一样透明、清澈，好像是上天储存在这里的琼浆玉液。微风徐徐吹过，轻拂着树梢，树叶沙沙作响。父亲将一只手垫在了后脑勺下面，逐渐进入了梦乡。猎犬则蹦进了池塘里，在池子里自由自在地游泳。只看见它尽量把脑袋伸出水面，将尖尖的耳朵竖起来，进入了警戒状态，不一会儿，便摇晃着身子游上了岸。

我顺着刚才来时的方向，向林子里慢慢地走去。我透过树枝和树叶，抬头看向远方的天空，一朵云彩飘浮在天上，随风变换着各种不同的形状，一会儿像羊群，一会儿又像一个圆圈，十分奇特。我兴趣一来，也学着父亲那样顺势躺在地上，让整个人沐浴在一整片温暖的阳光中。耳边传来微风轻轻拂过树丛的声音，一会儿大，一会儿小；眼前都是树叶深浅不一的身影，一会儿亮，一会儿暗。这种感觉舒适极了。

我闭上眼睛，思考着以后在新学校里的日子。我会遇见一些什么样的人和事情呢？会遇见什么样的老师呢？在我心里，老师一直是属于比较特别的群体。我觉得他们就像是一把双刃剑，在给我们带来知识的同时，也会将我们的青春和自由扼杀掉，这让我对未来的生活又平添了一层忧愁。接着，我又想到了我的那匹小红马。我相信那匹小红马原本是对这个世界充满信任与憧憬的，它原以为自己是可以永远在草地上自由奔跑的，可现实却是被人们套上了缰绳颤抖摇晃着犁地耕田。那么我呢？我的将来又会怎么样呢？以前，我认为这世上的一切事物都是值得信任的。既然父亲已经将马儿送给了我，那么我就是它的主人。如果谁需要使用它，是不是应该首先询问我的意见呢？是不是因为随着时间的推移，我渐渐地把它遗忘在了一旁，所以大家也渐渐地忘了我是它主人的这个事实。我想起了以前与马儿一起玩耍的场景，凭空升起一股恐惧：时间真的是一个令人害怕的东西，总有一天，我也会像忘记我的那匹小红马一样，忘记巴斯卡科夫和奥莉雅吗？在我生命里那些曾经留下印记的东西，也会随着时间消逝逐渐消失吗？我最亲爱的父亲，还有生育、养育我的卡缅卡庄园，我也会一起忘记吗？

我睁开眼睛，看着那白云从白桦树的树梢上露出身影。它们随风飞扬，变化着不同的形状。虽然它们只能依靠着风，却能永远地浪迹天涯。微风带来的慵懒气息随处飘散，我幻想着身边发生的一切都是梦境，无论是我即将要去的新城市，还是那熟悉的家乡，我的梦想，我的感情，甚至连我自己都是梦里的幻象。在我的梦里，没有别离时候的焦虑和难过，只有美好和快乐。

身后忽然传来了砰的一声巨响，我的思绪被打断。一瞬间，乌鸦的啼叫声，其他动物的吼叫声，还有猎犬兴奋的汪汪声同时传到了我的耳朵里。我连忙跳起来，飞奔到父亲的身旁。果然，父亲的身旁掉落了一只一息尚存的鸟儿。我把鸟儿捡起来，放到了猎袋里面。猎袋马上充斥着一股血腥气味，还隐隐约约透出野外的气息与火药的味道。

第二章

中学时光

上学途中

假期总是过得特别快，转眼间就到了去学校报到的日子。前一刻我刚依依不舍地告别家人们，后一秒却已经在心底暗自期待起不久之后的重逢。

父亲亲自送我到城里，他选择了一条我们从未走过的大道，这是一条很有古时韵味的康庄大道，道路的两边长着一棵又一棵老白柳树，路上的车轮印里布满了花草。有一棵白柳树大概是前不久被雷电击中的，树干像被火灼烧过一样黑乎乎的，上面有一些大小不一样的窟窿，一只体型庞大的乌鸦站立在树上。父亲告诉我，乌鸦的寿命是很长的，大约能活几百年①。看这只乌鸦的姿态与身形，估计它在六百年前就已经来到这个世界上了。父亲的这些话勾起了我的好奇心，现在想来，我对父亲所讲述的事物总是充满各种各样的想象，可又没有足够的证据来支撑。父亲的那些话一般都会和国家的历史或者传说有

---

① 乌鸦的寿命因其所处环境不同，通常在十至二十年之间。

关联，不知不觉把我和国家联系在了一起，这让我逐渐意识到，国家也与自己密切相关。不论是我的生活还是灵魂，都和我的祖国脱离不了关系。我的未来也必定是在祖国的这片土地上展开。

在这段漫长的旅途当中，父亲还给我讲述了很多其他故事，让人印象最深刻的就是关于马麦的故事。马麦曾经是个国王，听父亲讲，他以前就生活在这一带。他是一个喜好战斗的人，只要是他路过的城市，都会被他霸道地摧毁。后来，他在前往占领莫斯科的途中，却在斯坦诺夫被抓到。人们将他绑在马上，让他在马儿的飞奔中精疲力竭而死，以此来作为惩罚。

讲述这个故事时，我们正好到达了斯坦诺夫。在那之后，我又去过了斯坦诺夫很多次。除了马麦以外，那里还出过一个叫作米吉卡的十分有名的强盗，因为他的出现，在很长一段时间里，那里都给人以"强盗之村"的印象，赶路的商旅是最害怕来到斯坦诺夫的。无论是凉风吹过的夏夜，还是大雪飞扬的冬日，通向斯坦诺夫的道路总是寂寥而宽阔的。在传说中，无论是谁，从这条道路上通过时，前面就会忽然跳出一队人来，向你索要财物。这些强盗一般是拿着斧头，将腰带束得紧紧的，帽檐压得低低的，光是看到这身打扮，就能把人吓得不轻。就因为这样，商旅们只要来到了这里，就会情不自禁地进入高度紧张的状态。

但在当时，我跟随父亲第一次来到斯坦诺夫时，正好碰上夕阳落下的时候，淡淡的余光拂去了恐怖的气氛，让人感到安心。远远地看去，一列火车在铁轨上面飞驰着，一缕缕浓烟从火车的头部向外涌出，

随着风飘舞起来，婀娜多姿。黄的、蓝的、绿的，不同颜色的车厢配上夕阳下泛着红光的车窗，和火车轮子滚动时发出的哐当哐当的节奏交织在一起，构成了一首完美动人的协奏曲，让我感到惊讶，却又忍不住沉迷其中。

从斯坦诺夫途经一条宽阔的公路，就可以进到城里了。进城之前，每个人都必须耐心地等待着士兵把进城甬道上的栏杆拿开。这是保护这座城市的第一道安全防线。栏杆的边上有一个供士兵休息的亭子，亭子外面的墙是黑白纹路的。

通过栏杆后，沿着开阔的道路一直向前走，会遇到一片很大的沼泽地。这片沼泽地特别污浊，路过它的时候必须集中注意力，小心翼翼地穿行而过。过了这一片沼泽地，就可以看到那被古寺与城堡包围的马路了。越往这座城市的中心走，就越能闻见皮革与那被阳光照晒过的铁皮屋的味道了，集市的气息也愈来愈浓。广场上是从郊区来的农民，他们早就已经占好了位置，支起帐篷，摆上他们的小摊位，叫卖着自己的商品。商品形形色色、不计其数，每一个摊位都令人目不暇接。

后来我才知道，这座城市是俄罗斯历史悠久的城市之一。这里地质灾害，沙尘暴、泥石流十分常见。但这里也是商旅的必经之地，人们从来没有放弃过它，而是一遍遍将它重建。所以，历史的浓厚感与传统的文化习俗在这座城市里被很好地保存和沿袭下来，这儿的居民都因为自己是这里的一员而感到骄傲。

寄宿

在中学的四年里，我一直寄宿在一位名叫罗斯托夫采夫的贫困市民的家里。一般来说，能够自己满足自己的开支的小康家庭是不需要收留寄宿学生的。只有像罗斯托夫采夫这样的贫苦家庭，才会接收我们这些寄宿学生，用我们支付的住宿费和伙食费来贴补家用。

在此之前，我从未接触过寄宿生活。来到这个家庭的第一个夜晚，也是我和我的父母真正分开的第一晚，这让我感到更加害怕，也更难适应。

罗斯托夫采夫家的贫穷自然而然也影响到了他们的生活环境和条件。整个屋子里只有两间面积很小的房间。每当我想到自己要在这样一个狭小的空间与这些陌生人一起生活，或许还需要帮忙做家务，我就极其不自在。

和我一起在罗斯托夫采夫家寄宿的还有一个男孩，他的年纪和我一样大，是我的同班同学，名字叫作格列波契卡。听说他是巴图林诺的一位地主的"私生子"，不知道是不是出于这个原因，他对于陌生的环境有着天生的排斥。我第一次见到格列波契尼的时候，他坐在屋子的角落里，睁着炯炯有神的大眼睛，像一只小兽，对四周任何的风吹草动都保持着敏锐。他看上去很不容易接触，我也不是一个特别自来熟的人，所以并没有主动问好，我们两人就这么相互默不作声地打量着对方。

那天黄昏时，淅淅沥沥地下起了雨。我站在窗台向外面望去，眼前是一条很长的麻石街道，或许是下雨的原因，街道上静悄悄的，一点儿人气也没有，很是萧条。再向前望去，便是一堵石墙，石墙边缘露出了半截枯树枝，枯树枝上面站着一只乌鸦。乌鸦啼叫了几声，在这样的一个雨夜里就显得特别凄凉。更远的地方，在一间满是尘土的铁皮屋旁边，有一座希腊式结构的钟楼高高地屹立着，穹形的屋顶直插天际。钟楼里的齿轮滚动声隐约传来，像是哀伤的悲鸣，使人感到恐怖和惊慌。

如果我还在家里，遇到这样的天气，父亲总会想出各种办法制造一系列声响，例如让用人把灯点上，或让用人端来茶点，嘴里还会一直念叨："我最不喜欢这样的天气了，真是阴冷得吓人。"父亲的一番折腾总会打破周围的寂静，使气氛不再这么压抑。可在罗斯托夫采夫家里，一切事情都是有固定时间的，没到吃饭时间就绝对不会点起灯，不论天气是否恶劣，不论屋子里是否阴暗得吓人。

罗斯托夫采夫常常到处奔波，直到夜幕降临才回家。他的个子很高，身材匀称，拥有十分健康的小麦色肌肤，面部轮廓的线条鲜明，脸上的胡须已经花白。罗斯托夫采夫话并不多，但是只要说到就会做到，他十分严格地约束着自己。他信仰并且崇奉传统的生活智慧，常常说："祖宗先辈实践出来的生活智慧都是真理，遵循着这样的道理可以使我们少走弯路，然后更好地生活。"

罗斯托夫采夫有一个能让人感到亲切的妻子，还有两个可爱的女儿与一个年满十六岁的儿子。他们从来不会大吵大闹，做什么事情都井井有条、得体合理，家里的气氛总是认真又温柔。在烦躁的傍晚，罗斯托夫采夫夫人常常和女儿一边安静地做着针线活，一边等待着罗斯托夫采夫回到家来。只要门口传来开门的声音，她们便会立即欢喜地迎接他，然后从厨房端来热乎乎的饭菜。

罗斯托夫采夫是典型的俄罗斯人的做派，他最喜爱穿一件灰色的夹克，夹克里面是一件不规则领子的绣花衬衫，脚上蹬着一双长筒马靴。每次进门，他都会很和蔼地与妻儿交谈，询问当天家里的情况，然后才会用沾湿的毛巾擦去身上的风尘与疲劳。

在罗斯托夫采夫家吃的第一顿晚餐是我一辈子都忘不掉的。那些饭菜是我从来都没有看到过的，无论是味道还是样子都特别奇怪：稀饭是第一个被端上桌子的，随后是用圆木盆装着的黑乎乎的牛肚，最后是作为主食的牛奶燕麦粥。在牛肚被端上来的那一瞬间，散发出一股十分难闻的气味。可罗斯托夫采夫好像没有闻到那味道一样，熟练地将牛肚扯开、切碎，直接用手拌上沾着食盐的西瓜。晚餐时间快要结束的时候，他看了一眼全程只吃了稀饭与西瓜的我，很严厉地说："你既然来到了我的家里，就要习惯我们家的生活方式。这就是一个普通家庭吃的东西，没有奢侈的饭菜，但是能够给你充足的力气与营养。"

罗斯托夫采夫说那番话时，语气中充满了骄傲，霎时感染了我。后来，当我对这座城市有了基本的了解之后，我才认识到，那些大大小小的生意人们，没有哪一家像罗斯托夫采夫一家这样诚实和善良。虽然按照财产来划分，罗斯托夫采夫其实算得上是一个富农，可在他的生存观念里，从来都不觉得自己属于那个圈子。他有着自己的准则与信仰，经常批驳当时市场上的信誉败坏的风气，而且十分喜欢那些表达热爱祖国和美景的诗歌。而别的生意人呢，他们实际上就是一伙强盗。他们舌灿莲花、热情似火的背后，是交易时的撒谎成性。在背地里，他们用尽心机，互相排挤，互相攻击，榨取的魔掌甚至连年迈的孤寡老人与天真单纯的孩子都不放过。从罗斯托夫采夫的身上，我第一次感受到这座古老城市中所蕴含的文化底蕴。这种感觉原本应该布满这座城市的每个角落，而现在却埋没在了一片喧闹里。

学校生活

我在中学里的经历，其实可以算是平平无奇的。那时候我刚离开从小生活的地方，寄宿到罗斯托夫采夫的家里，生活环境发生了巨大的变化，让我对"来到这座城市念书是否正确"这件事都产生了怀疑。但最后，我认为这是属于我的命运，所以我应该去经历。

我与格列波契卡第一次手拉着手走进校门的那天，天气十分晴朗。我们都穿上了全新的衣服，心情很是愉悦。我身上穿着宝蓝色配着银扣的校服，脚上蹬着光滑发亮的皮马靴，合身又突出。我身上背的书包也是新的，书包在阳光下一晒就能闻到皮革的味道，一想到里面还放着新书、新文具与笔记本，我就特别兴奋。

学校院子里的石头都很整齐、干净，门与玻璃窗在阳光下光彩闪耀。走廊的屋檐、教室与楼梯都在暑假的时候用油漆喷刷过，一改陈旧的面貌。经过休假，同学们的兴致都特别高，教学楼里面时不时会传来欢快的嬉戏声与喧哗声。

学校里有一个规定，让我直到现在都不能理解，那就是"抢座位"。每天在正式上课之前，全校学生必须按照年级排好队伍，接受一个退伍军人的训练。在这之后，抢座位的环节就要开始了。因为不少同学会为了座位的关系发生冲突与争吵，所以每当老师进入教室的时候，总是会看到一片混乱的景象。刚开始我对这样的安排感到很不适应，但这周而复始的场景陪伴了我四年，便也逐渐形成了习惯。

我是一个任性的学生，如果是感兴趣的学科，我的成绩就会非常好；如果是不感兴趣的学科，我的成绩就会一般；而如果是特别讨厌的学科，那我的成绩则会特别差。幸好除了动词的过去式，别的课程我都不排斥，而且学习起来特别快。直到成年之后我才意识到，其实在学校里所学到的内容，大部分在社会上都是用不到的，它们不但无趣，而且没有一点儿用处，总是学了就忘记。而老师呢，除了那几位我们敬佩的学者，大多数都是一些平庸且毫无作为的人。我对一位志行高洁、不愿同流合污的老师印象深刻，他不爱说话，无法忍受一点儿脏东西，不能与别人近距离接触。他有一些洁癖，手上总是离不开手套，万一遇到特殊情况需要脱下手套，也是立即用手帕把手要接触的东西包起来。我记得他的身形很矮小，十分消瘦，顶着一头向后梳着的栗色卷发，露出白花花的额头，总是用一双黯然无神的双眼消沉但平静地望着远方。

除了上课，学校还会组织我们去教堂里面做弥撒。在出发之前，全体学生都会在教学楼前面的院子里集合，教官会仔细地检查每个人的扣子。老师们则是穿着燕尾服，胸前别上勋章，看上去比平常威严了好几倍。在去教堂的路上，我们排成长龙的队伍成了路人眼里的一道风景线，大家都以为是政府在组织大阅兵。其他学校的学生也从四面八方涌来，同样是穿着整齐、干净的制服，胸前别着勋章，肩上戴着肩章。

整齐的队伍一般走到教堂前面就分散开了，在教堂前，人们纷纷摘下帽子致意，拥抱、亲吻对方。教堂的墙面各处都放满了富丽堂皇的神像，神像面前放着火光摇晃的香烛。许许多多的神父穿着制服来回走动，举行着不同的祈祷仪式。祈祷要用的台阶都用红色的呢子布覆盖着，显得十分严肃而美好。

我们跟随着老师不停地变换位置，有时候跟着神父朗诵经文，有时候焚香祈祷。台阶上面有唱诗班在演唱着，歌声一会儿高昂，一会儿柔美，一会儿传来了响彻天际的男低音，一会儿传来了婉转动人的女中音，唱诗班的歌声充满了感染力。

在这样的日子里，即便是到了晚上，城市里也是灯火通明、灿烂辉煌的。城市上面的天空星河浩瀚，下面则是霓虹闪烁。除了教堂的祈祷，市里还常常举办游园会。有一次，我和格列波契卡一起壮着胆子，鬼鬼祟祟地参加了。天哪！好家伙，那雄伟的景象险些把我吓到：来参加游园会的至少有上万人，唯一一条通往会场的道路一直都是堵塞的。我们跟随着人流一起前进，一路上被行人挤来推去。时不时吹来一丝微弱的风，风中还掺杂着汗水味、廉价香水味和一些古怪却说不出名字的味道，仿佛所有味道都可以在这里闻到。

游园会从头至尾，从远处的边缘角落到中心的露天会场，到处都挂上了彩色的霓虹灯。敲锣打鼓的乐队与音乐导演都是军人，大部分的时间里，高昂的旋律响遍整个会场，偶尔还会有悠闲的华尔兹舞曲穿插在其中。在露天会场前面的广场上，大花坛里有一个喷泉在喷洒着，水雾滋养着四周的花朵。我永远都忘不了那喷泉水溅到身上时清凉的感觉，也忘不了空气中充满的迷人花香。

除此之外，在中学里面还发生了怎样有意思的事情呢？坦白说，中学时期的那几年我的生活基本是每天都一样，几乎没什么太大的变化。我不是在教学楼里面上课，就是在罗斯托夫采夫家里愁眉不展地复习。我经常期待着未来能够发生一些美妙的事情，然而就是在这些期待中，我从一个懵懂无知的小孩子，不知不觉地变成了一个有着自我意识的少年。

城市风景

一直以来，我最喜欢的季节就是夏季。好像只有在夏季，我那些奇妙的梦想才会一一实现。正因为这样，对于季节的变换，我总是会感到特别哀伤与无力。

相比我的不适应，我的同学们大多数都很快地融入了这座城市。他们中有的人爱上了逛街，每天沉醉在那些花样繁多的店铺里；有的人已经学会了趁着赶集的时候做一些小生意；还有的则是干脆去当了店铺的学徒。每个人都在忙着自己的事情，忙着过自己的生活，一点儿也不像是没有社会经验的学生。

这个城市拥有众多人口，同时物资也很丰富，它的商业很发达，和莫斯科、列维尔、里加等大城市都有着生意来往。在这里，每个地方都可以听到商人们的叫卖声，粮食收购站的交易也是从早上一直忙到晚上。和那些已经卖完东西的农民擦肩而过的时候，可以看到他们脸上都洋溢着快乐的笑意。有时候，他们还会三三两两地喝上几口小酒，用来庆祝一天的好收益。在很多地方，都有中间商招引农民到自己手下，想从农民手中购买物品，然后再倒卖出去赚取差价。那些中间商的皮肤都被太阳晒得黑黝黝的，虽然看上去忙碌劳累，但吆喝的声音却特别洪亮。

每次夕阳的余晖透过一层层白云，染红整齐、清洁的街道时，许多马车就出现了。马车夫们都身体强壮、脸上留着大胡子，他们用尽全力控制着马车在熙熙攘攘的街道上奔驰。马车里面坐着的都是一些精心打扮的小姐、肥头大耳的老板和年近花甲的老板娘们，在这个城市里，除了商业以外，赛马也是很出名的，这些都是刚观看完赛马回来的人。

进入了初冬以后，天气开始变冷，天空好像被蒙上了一层灰，城市的面貌也在悄悄地改变。每家每户都装上了抵挡风寒用的窗户，把在冬天里需要用到的物资准备得妥妥帖帖。有些人家已经开始生起炭火，透过那窗台就可以看到温暖的火光。

寒冷的冬天使我忧愁，我开始常去一座年代久远的寺院里，整理、分析自己的思绪，让自己平静下来，重新去认识生活。这座寺院位于城市的边缘。从很早以前开始，我对寺院就有一种不知名的崇敬的心理，甚至想过要出家做一名僧人。因为不论是寺院还是僧人，都会让我升起一种没有办法用语言来形容的、接近于诗歌给我带来的安心、宁静的感觉。

　　经过寺院，沿着街道一直向前走，就可以到达这座城市的中心。街道的左边是一些小巷子，巷子里时不时地传来恶臭的气味，还有一些穿着邋遢的人在小巷子里面来来往往。小巷子的尽头是一条臭味冲天的小河，因为四周的皮革厂排放的污染物，河岸上全部被黑色的淤泥覆盖着，还零散地放着味道十分难闻的物品。这些地方的工人行为都比较粗鄙，他们会在群众聚集的公共场所里抽烟、开着低俗下流的玩笑。我曾经想在这些景象里挖掘一些美好的东西，但最后以失败告终。

　　小河对岸是悬崖峭壁，悬崖下面是一条奔流不息的河流。据说以前有一位公爵在这条河流里被淹死。

　　总之在我的印象里，这座城市总是从早到晚都一直在不停地忙碌着，看到眼里的全都是热火朝天的景象。机车的嗡鸣声，铲车的轰鸣声还有火车的鸣笛声，集聚成了一首首激昂雄壮的交响乐，有时像惊涛拍岸一般，升腾跌宕；有时悲惨低沉，孤单寂寞。站在这城市的中央，各种各样的画面交汇在一起，你会感受到不一样的风景。

　　然而，只要回到了罗斯托夫采夫的家里，就会感觉到世界都安静下来了。相比起在外奔波，我更喜欢待在家里面。可一旦没有事情可以做，我又开始去忧虑那些不切实际的东西，担心自己浪费了大好的时光。而此刻这样悠然自得的时光，就在我的这种矛盾心情里一点儿一点儿流逝了。

父亲的到来

那是一个寂寞的黄昏，罗斯托夫采夫的两个女儿在织着花布，整个房间里只有闹钟走动的滴答声与花布摩擦的沙沙声。忽然，屋子外边的门一扇接着一扇响了起来，好像是有人在开门和关门。不一会儿，父亲那张让我熟悉到不能再熟悉的面孔就出现在了我的眼前。我惊呆了，犹豫了一下便直接扑向他温暖的怀抱中，用尽全力抱紧他。幸福一下子来得这么突然，我整个人都沉醉在这快乐中不能自拔。

我念中学的那四年，可以算得上是父亲人生里最后的美好时光。那时候我们刚继承了外祖母的遗产，全家搬到巴图林诺，让原本有些捉襟见肘的生活又重新变好了。然而，虽然表面看起来父亲在有条不紊地安排着家中的事务，可实际上这不过是他再一次自我感觉良好，想尽一切办法要过有钱人的生活。城里有一个名副其实的高级旅馆，里面有传说中的高帽厨师，宽敞弯曲的楼梯上铺了红地毯。无论是吃饭还是住宿，这里的价格都贵得令人咋舌，一般情况下，只有富有的大地主才能住得起。然而父亲来的时候，非要住在这个高级旅店里，并且订的都是上等房。他还会阔绰地把罗斯托夫采夫一家人也一起接过去，住上两三天。

旅馆里面十分暖和，光线也特别明亮。抬眼望去，所有的东西都奢侈无比、光彩闪耀，一看就是为了迎接贵宾而准备的。只要我们一出门口，所有的马车夫都会一拥而上，热情、殷勤地争取第一时间引起父亲的注意。这种气氛，总让我产生一种错觉，我好像还是住在庄园里的那个小少爷。

旅馆里面有一个叫作米海依奇的服务员，他总是非常整洁，身穿燕尾服，每次见到我都毕恭毕敬的。他告诉我说，这里的大部分旅客，都是一些小地方的暴发户，他们来到高级旅馆，不过是为了摆谱。所以，他们总是会表露出对钱满不在乎的样子和虚张声势的态度，说话不但大声，还很粗鄙。我相信米海依奇说的话，他不是一个眼光狭隘的人。他年轻的时候曾经游历过罗马、巴黎、彼得堡等地方，只是因为命途坎坷，最后才沦落到这里成为一名服务员，并且将以服务员的身份度过往后余生。

父亲虽然也来自农村，但是不会像暴发户那样做出令人厌恶的行为。不过，他常常迷失在旁人对他的热情之中，只要有马车夫对他的态度好，他就会向人家预订马车。其实高级旅馆门口的四周永远都不会缺马车，预订马车是完全没有必要的，这笔钱就这样被浪费了。

或许是大家都摸清楚了父亲的性格，在旅馆居住的时候，经常会有一些自来熟的人跑来，亲切地与我们打招呼，再高明地提出自己的需求。让我印象最深的有两次，一次是去一楼餐厅的时候，迎面走来了一个像农民又像古代侯爵的男人，他身材强壮，身穿一件里外两面都可以穿的皮袄。他好像等了我们很久，看到我们的那一瞬间就立即从原地跳了起来，两只眼睛睁得大大的，脸上的表情十分精彩。当他飞奔过来态度真诚地打招呼时，父亲的贵族气势与音调便很自然地流露了出来，并且因此感到满足。

另一次是一个小伙子，当时他是用急匆匆的脚步飞奔到我们面前的。他上半身穿的是一件有着收腰效果的夹克，里面配的是麻纱衬衫，油光发亮的灰白色头发再配上淡蓝色、雾蒙蒙的眼睛，让人感觉鬼祟又狡猾。他对我们的态度很热情，仿佛看见了许久没有联系的亲人，可我怎样都回忆不起来家里有这样的亲戚或者朋友。

"叔叔，您过来啦，真的是太久没有见到了，我隐约地听到了有人在喊着叔叔的名字，还真是不敢相信呢。"小伙子从看到我们那一刻开始，就说个没完，"你们最近过得怎么样呢？午饭吃过了吗？我们还是一边走一边说吧，楼下的宴会厅今天刚好开放接待客人。"我们并没有邀请他一起共用午餐，他却自己主动跟来，还兴致勃勃，这让父亲都有一些疑惑不解。小伙子不仅跟着来到了餐厅，还十分熟练地叫来了服务员，点了小炒、冷盘、葡萄酒等满满一桌子的食物，吃得特别开心。我们都被这样厚脸皮的精神打败了，却又想不出要用什么得体的办法来打发他。

与人来人往的旅馆相比，我更喜欢与父亲去马戏团。马戏团的包厢面积非常大，却没有暖气，到处散发着特别的气味，我很喜欢这个气味。马戏团里面最搞笑的是小丑，每个小丑的裤子都十分肥大，他们脸上被白色的颜料涂满了，头顶上戴着又黄又红的假发套，在台上做着鬼脸。有时候还会突然蹦到舞台上，嘴里发出像鹦鹉一样的鸣叫声，把大家逗乐。

与小丑一起表演的还有一匹白色的老马和一个穿着花哨的女人。白色的老马围着剧场不停地奔跑，女人必须抓住机会从马背上跳下来。在场的人全都屏住呼吸，紧张地看着这一幕。忽然，女人的嘴里发出一声叫喊，敏捷地从马背上翻转下来。场内立即爆发出了雷鸣般的掌声，女人用优美的姿势谢幕，她的笑容温暖而单纯，使人难以忘记。

父亲是在周六离开这座城市的，他一离开，我的世界好像又陷入了枯燥的深渊。那天晚上，我跑到教堂里大哭了一场。

舞会

在冬天，有很长的一段日子都是寒气逼人的，天空永远都处在灰白不明的状态。走在外面，凛冽的寒风吹得人骨头发疼。这时，大家的情绪也会变得格外低沉，脸上很难展露出笑容。当然，作为俄罗斯人，我们习惯了寒冷，不会因为这样的天气而愁眉不展，而是强迫自己不断地去适应它。

在俄罗斯，冰天雪地是常常会有的事情，有时候整座城市都被大雪覆盖，只能看到几座屹立的钟楼，似乎一切都被淹没在一片苍茫里面。特别是每年的一月初，冷酷的寒风好像可以将土地吹裂，人只要一出门，全身就会泛起一种被剔骨割肉的痛苦。不过只要暴风雪停下来，夜色来临时，深邃的蓝黑色天空上就会飘浮着数不清的星星，在人们的头顶上闪闪发亮。到了第二天的早上，随着太阳努力突破密云的重重包围渐渐升起，城市就会逐渐笼罩在红色的朝霞里，就连那远处的炊烟也变成了粉红色的烟丝，十分漂亮。

我人生里的第一次舞会，就发生在冬天。那天的天气格外寒冷，舞会的地点是在女子中学，为了不迟到，我与格列波契卡一放学就十分急切地往家里赶。

为了迎接那场舞会，女子中学路上的雪早就被整整齐齐地堆扫在路旁，人们还插上了翠绿的杉树。宽广的街道，屹立的房屋，还有那在阳光下闪闪发亮的彩色玻璃窗，学校的一切都显得如此干净整齐，充满年轻活力，好像连空气中都飘散着一股淡淡的、让人心旷神怡的香气。三五成群的女生在街道上面穿行，她们穿着长靴子与皮袄，头上戴着皮帽，又卷又翘的睫毛在冷冷的空气里落上了飞雪，把眼睛衬托得更加清澈透亮。走在路上，时不时还会有活泼的女生过来打招呼："很高兴您能来参加我们学校的舞会，祝您玩得开心！"

整个情景都让我感到十分温暖，同时在我心中涂上了一抹不一样的色彩。在我往后的生命里，长靴、皮袄、皮帽、充满了活力的脸庞和沾满冰霜的眼睫毛，只要这些东西组合在一起，我就会产生一种美好且干净的感觉。

当天的舞会是热烈而使人兴奋的。乐队在激情四射地演奏，音符在空气中回响，目光所能看到的地方都是一幅幅动人心弦的画面。灵巧舞动的鞋子、四处飞扬的坎肩，还有淑女的蝴蝶结和绅士的黑丝带，一切都令人沉醉。在这么多的学生当中，有一位长相俊俏、颇具绅士风度的男学生吸引了我的注意。他穿着一件新做的蓝色校服，戴着一副洁白的手套，在一群秀气美丽的女生里面来来往往，有时在人群众多的舞池里面热情跳舞；有时在华丽盛大的大厅中潇洒游走。我从他的身上感受到了青春和活力，忍不住看着他来往在大厅的走廊与楼梯，看着他认真地观察着熙熙攘攘的人群。

这次的舞会在我的生命里画下了色彩浓重的一笔，在往后很长的一段岁月中，它都会时不时地出现在我的梦里，成为我挥之不去的美好记忆。

犯错

我性格沉闷，既不喜欢三五成群地打闹，也不喜欢抽烟、喝酒，所以，总体来说，我在学校里的表现一直都算得上是安分守己。但有一次，我居然对校长说了十分不礼貌的话，以至于学校要开除我。

那是我在上三年级的时候，当时老师正在上希腊课，兴趣浓厚地论述自己的观点，时不时熟练地在黑板上面写写画画。我沉溺在他那低沉悠远的声音里面，思绪逐渐摇摆不定，进入了前晚阅读的荷马史诗《奥德赛》里，好像看到了那美丽的公主和女用人在海边刷洗纺纱，海水轻轻地吻着她们的脚。我的心被拨动，忍不住从抽屉中拿出书翻看了起来。

当我正沉迷在精彩的故事里时，一只大手忽然把书抽走了，紧接着一个雄厚而且愤怒的声音传来："到墙壁那边去给我站到下课！"我瞬间知道自己闯了祸。学校的校长喜欢在没有公事的时候到每个班级里面巡视查看，只要发现有不听课的学生就一定会狠狠地处罚。而我非常不幸地被他抓了个正着。

我知道最好的选择就是听从校长的话，乖乖地到教室后面站到下课，可那个时候，我的心智正在渐渐成熟，已经拥有了很强的自我意识。不光是感性的情感，理性的逻辑也在我的脑中健康地成长着。对于是非黑白，我都已经有了很明确的判断。而在这些判断里，还包含了很多消极的成分。例如对周围发生的、自己内心不认同的事物保持着一种轻蔑的态度。

学校与校长的权威正好就是我轻视的一部分。前面也说到过，我认为这所学校的老师大部分都没有真正的才华，只不过是照着课本依葫芦画瓢罢了。正因为这样，利用无聊的、没有意义的课阅读自己喜欢的书籍，在我的心里根本就算不上是一个错误。于是，在面对校长的责罚时，我不但没有表现出应该有的虚心态度，反而站起身来骄傲地说："你凭什么来管我？我才不是不懂事的小孩子，你也不是我的父亲！"

校长被我嚣张的态度激怒了，生气之下宣布了要开除我的决定。后来，经过家里坚持不懈地劝说和道歉，我才没有被开除。现在回想起来，年少时不可一世、旁若无人的态度简直算得上是幼稚、好笑。

但每一个人在叛逆的青春期，多少都有过一些这样的经历，而且身处其中的我们，不但没有觉得这是羞耻的事情，反而很享受这些自以为宣告着自己从一个小孩转变成能够独当一面的大人的过程。从这件事情之后，我反而比以前更自信了一些，每次与格列波契卡散步的时候，面对迎面过来的人们，我不再会低头或者转开目光，而是昂首挺胸、身姿笔挺地走过去。

但与此同时，我依旧不合群，依旧喜欢一个人游走、发呆与读书。我的秘密天地是政法学院的花园。普希金曾经说过："我所生活的地方，就如同一个花苞盛放的季节。虽然不像是皇家的公园，但也是我心中的最爱。"我对这样的描述有很大的共鸣，一个人在花园里时，我就是这样的感受。那里的湖水宛若幽深山谷里的深潭，湖水中荡起的波纹在静谧里不断地起伏着，优雅美丽的天鹅浮在湖面上，神态沉静、姿态高贵，让我心生宁静。我由衷地佩服普希金，他的诗句永远是那么幽默、精致、简洁，可以活灵活现地表达出自己的感想。纵使是一个很普通的东西，到了他的笔下，也变得精致一百倍。他的这些能力是怎么练就的呢？我渴望能得到答案，也十分希望能像他那样成为一个优秀的作家。

贵族小组

在我中学的最后一年里，一个秋色宜人的九月，我的同学洛普辛忽然慌慌张张地冲到了我的面前，紧紧抓住我的手臂，眼神急切而又严肃地紧盯住我，说道："你来参加我们的小组吧，我们小组可是专门接纳贵族子弟的贵族小组。"

因为洛普辛每个年级都念了两年，年龄比较大，他的身高使他在我们这群中学生中有种鹤立鸡群的感觉。洛普辛的身体十分健壮，也特别高大，头发是金黄色的，眼神非常敏锐，配上他那金色的八字胡，显得十分成熟。说实话，洛普辛身上有数不清的缺点，而且十分明显，可他不仅不觉得羞耻，反而认为那是充满绅士风度与成熟的标志。每个课间，都可以看到他踩着典型的弹跳式步伐在人群中蹦来跳去，闲适中带着一种轻盈。洛普辛喜欢没有目的、盲目地向前跑，还总是要把鞋子使劲地往地上踩，弄出很大的响声。偶尔安分的时候，他会把手插在宽大的裤兜里，自顾自地吹起口哨来。他的姿态向来是非常高的，常常用藐视一切的态度看着周围，只有遇到自己觉得足够有资格成为朋友的人时，才会主动上前打招呼，聊上一会儿天。

进入中学之后，随着年龄的增长，我已经学会了察言观色，揣摩别人的心思，并且通过细节去判断一个人的人品。所以我并不喜欢像洛普辛这样的人，甚至有些厌恶。所以，当他向我提出要我参加那所谓的"贵族小组"时，我一开始是不愿意的。无奈的是洛普辛在这种时刻十分有耐心，不停地用各种手段纠缠不休，好像不达目的誓不罢休，我不厌其烦，最后只好答应。

贵族小组的第一场活动，是在学校的公园里面开展的。在活动开始之前，洛普辛问我："小组里的这些人，你认识哪一些呢？又和谁最亲密？"然而没等我回答，他又自顾自地接着说，"你知道娜丽娅吗？那是个典型的千金小姐，我估计你们会聊得来。"紧接着，他用严肃的眼神盯着我，低声说道："她身上有十分严重的公主病，但因为家境富有，她对于外界的事物都比较了解，对于新事物的接受能力也比别人强。尤其是她的应酬能力十分了得，酒量很好，可以一口气喝掉一整瓶的香槟。"

我不想去理会洛普辛，但这番介绍让我不由自主地对娜丽娅产生了十分浓厚的好奇心。活动开始之前，我利用空闲时间到理发店给自己剃了一个干净利落的平头，在头发上面抹了发蜡，并且赶回罗斯托夫采夫家里花了将近一个小时的时间打扮自己，临出门时还喷了些香水。

当天傍晚，当我到达公园时，那里的乐队已经开始演奏了。我的手指冷得快要冻僵了，两只耳朵却暖乎乎的。公园里的喷泉像是波浪随着音乐的节拍此起彼伏，又像是大花篮里面装满花朵，婀娜多姿。这时正是秋季的尾巴，蓝莹莹的天空上面映衬着雪白的云朵，云缝中照射出来的一丝丝阳光，把地上的一切都染上了彩色，非常好看。公园里面各种五彩缤纷的鲜花尽态极妍，空气中飘荡着一阵阵花香。

这时公园里的人还不是很多，但"贵族小组"的成员们大多都已经聚集在了一起。我走过去打了声招呼，却发现他们一直都在围绕着"贵族"这个词讨论，既浅薄又自以为是。我不禁感到尴尬起来，对答应洛普辛这个决定十分懊悔。当我正在思考着怎么逃离这个灾难现场的时候，公园的过道上出现了一个窈窕的身影。那位美丽的女性穿着十分优雅的衣服，戴着一副黑色的手套，手里还拿着一根小巧的银色手杖，迈着欢快的步子向我们走来。她的眼睛十分明亮，脸上的表情很是友好，我感觉到自己像是被雷电击中了一样，忽然动也不能动了。

这个女生就是娜丽娅。进入小组后，她举止优雅地和我们每一个人打招呼、握手。她说话的语速非常快，脸上从始至终都带着笑容，就像洛普辛描述的一样，她头脑聪明，很有活力。我被娜丽娅深深地吸引住了，在洛普辛单独将我介绍给她的时候，我竟然忍不住全身颤抖、牙齿发颤。

我期待着能与娜丽娅有更深的接触，但在那之前，她家和我家一个接着一个出事了：她的叔叔，我们的副省长忽然去世了，她匆忙赶到城里奔丧。而我呢，我亲爱的格奥尔基哥哥因为宣扬政治思想，被警察抓了起来。

那时，我对格奥尔基哥哥的生活是一点儿都不了解的。在他被警察抓起来之后，我才知道在他还是中学生的时候就已经参加这种组织的活动了。

我们对格奥尔基哥哥的关心实在是太少了，以为一个人拥有沉稳、帅气的外表，内心就一定是温顺、平和的，可事实上，格奥尔基哥哥和所有人一样，都有着属于自己的叛逆期。

告密的是隔壁邻居的管家。我们当然对他痛恨到了极点，但他很快就得到了他应该有的报应——就在格奥尔基哥哥被抓的那个早晨，他被自家花园里的树砸死了。

邻居家的花园已经有一段历史了，当时正是秋高气爽，草地、树木稀疏零落的时候，空气里掺夹着没有完全消散的晨雾，带着一丝丝的凉意。几个穿着衬衫、戴着斗笠的农夫就这么一斧子、一斧子地在寂静与安宁中伐树，管家站在一旁监工。忽然，伴随着一声巨大的撕裂声，那树干不受控制地、飞快地往管家的方向倒去，把他结结实实地压在了底下。

后来，花园因为各种原因被废弃，我还去过几次。那时树木都已经被砍得所剩无几了，只有一些白桦树、白杨树和橡树寂静而孤单地挺立在其中。这些老树在花园里度过了常青的岁月，它们看上去是那么挺拔、安适、愉快，好像在享受着孤寂。我一直相信树是有灵魂的，它们有着自己独特的面貌与思想。每当我在它们之间游逛，或是抬头凝望着那微微颤动的树枝与树叶时，我总是会有千万种思绪，心里有千万句话要说。而在树下死去的那位管家，经常被我想起。不得不说，我对他是心怀怨恨的。正是因为他，格奥尔基哥哥的命运才会完全改变。那个遥远的秋季，格奥尔基哥哥被两位士兵带走的场景，和小时候我曾经看到过的囚犯的回忆重叠起来，直到现在仍然让我感到窒息。

格奥尔基哥哥被抓的那天，父亲和母亲都来到了城里。母亲出人意料地没有哭，也没有慌张，反而父亲在不停地吸烟，嘴里不停地念叨："一定只是吓唬我们的，这种小事情不至于这样。"但进城的当天晚上，我们就接到通知，格奥尔基哥哥即将被押往遥远的南方城市哈尔科夫。

我们全家都来到火车站送格奥尔基哥哥，押送他的三等车的候车室里什么人都有，周围很是杂乱，而格奥尔基哥哥在士兵的包围下，孤零零地坐在靠近月台的大门一角，从远处看去，他的身影显得十分羸弱。我想格奥尔基哥哥当时一定是窘迫与惭愧的，因为就连士兵都感觉过意不去，过来温柔地安慰着我的母亲，让她把皮袄拿过去给哥哥，并且允许母亲与哥哥聊会儿天。可是，格奥尔基哥哥的脸上自始至终都带着一丝微笑。

母亲在格奥尔基哥哥身边坐下之后，终于放声痛哭起来。因为害怕打扰到四周的乘客，她用手帕紧紧地捂着自己的嘴巴，但这让她的哭声显得更沉闷，更加让人难过，父亲不禁皱起眉头，大步向着小卖部走去。在我的印象里，父亲一生都是顺风顺水的，没有经历过任何的磨难，正因为这样，只要碰到了问题，他就会习惯性地逃避。我以为那次他也只是借口离开，去小卖部给自己买点儿伏特加酒喝。但事实上，父亲是去与押送格奥尔基哥哥的士兵上校谈话，请求他通融一下，让格奥尔基哥哥能够坐上头等车厢。

在格奥尔基哥哥去往哈尔科夫城的第二天早晨，父亲和母亲也动身返回了庄园。那天的天气十分晴朗，一轮金闪闪的太阳遥远地挂在天上，但寒风依旧刺骨，吹在身上像被刀割一样。北风把一切都吹得干净无比，一朵朵白云飘浮在空中，像白纱一样变换形状，空气显得十分清新。

我把父亲和母亲送到去往田野的大道上，路面已经结了很硬的冰，田野则充满了萧条与寂静的感觉。风越刮越大，马车夫不得不尽量把腰弯低。父亲穿着厚厚的皮袄，戴着厚厚的皮帽，被北风吹起的头发扎进眼睛，泪水直流。母亲则紧紧地搂住我，把脸直接埋在我的脖子里，一动也不动。就这样僵持了好一会儿，父亲终于用沙哑的声音对马车夫喊道："出发吧！"

马车忽然发出一阵巨大的声响，马儿把前蹄高高扬起，马脖子上面的铃铛咣咣作响，紧接着马儿就很有规律地跑动起来。我站在公路边上，听着马车轮子滚动的声音逐渐远去，一股浓浓的孤单感自然而然地产生。刺骨的北风吹过，我单薄的风衣像是鼓起的风帆。我瑟缩起身子，不知道为什么突然想起了父亲前一晚说的话。他说："现在的世界太混乱了，这么一点儿小事情也值得抓人，估计还要把人送到西伯利亚去，现在被抓的人基本上都要被送到那边去。但是我想会慢慢好的，所有的事情都会迎刃而解的，都会过去的。"

父亲说的这些话本意是想安慰我们的，可实际起到的作用却恰恰相反，这一番话徒增了我的不安。或许在父亲看来，这只是一件很小的事情。但对于我来说，格奥尔基哥哥被抓了，这是残酷的现实，它把我世界里的信仰整个推翻，把生活里的一切变得一文不值。我一直非常敬爱的格奥尔基哥哥，他亲切、优秀、英俊，可是最后，他竟然因为犯了一点儿小小的错误被士兵抓了个正着。我感觉被自己曾经所热爱的生活完全欺骗了。

格奥尔基哥哥现在正被押往一个陌生的地方，那里或许只有一望无际的田野，武装的士兵监视着一切，没有个人隐私这么一说，想想都让人于心不忍。

我缓慢地转过身，往回走，路过高大的寺院。在寺院的大门上有两个身材高大、骨瘦如柴的神像，它们的脸上没有一点儿表情，看上去有些凶恶、吓人。我不禁想，这些神像到底存在了多久呢？我、哥哥、父亲、母亲又能存在多久呢？我们总有一天都会离开这个世界的吧。

我时不时地停下脚步，遥望父母回去的方向。绿油油的草地的北边，一条道路盘踞而去，好像永远没有尽头。北风越吹越猛烈，刺骨的寒意越来越让人觉得难受。幸好，火红的太阳已经升到头顶，光辉灿烂，直直照射着大地，让人多多少少感受到一些活力和生机。明朗的天空中飘浮着几朵很白的云朵，它们的影子照射在地上，慢慢流动，有时聚集，有时分开，万千姿态，美得像一幅画卷。寺院、广场、教堂、墓地，很多地方都曾经出现过云朵的身影。如果它们有感情，看到人世间发生的故事，会想些什么呢？还能够这样怡然自得、安详自在地飘浮吗？

之后，我在城里游览了一圈，去过皮革厂，登上那横跨在臭水沟上的石拱桥，看水里腐烂的兽皮、杂乱的垃圾；去过女修道院，在篱笆门口遇到一位修女，她看上去十分年轻，相貌清纯，在黑色粗布衣服和粗布鞋子的包裹下，有一种漠然的美，就像是画里那古代的圣女；我还站在大教堂后面的悬崖上，俯视着沿河两岸丘陵上的那些平房，看着那些已经腐朽了的木板屋顶，看着那些脏兮兮的、陈旧的蓬门荜户，想象着人们从古至今的生活。

在冥想中，我曾经看到我的父亲和母亲，他们正在敞亮的旷野上乘着三驾马车奔驰着，也曾经看到巴图林诺庄园，那里还是那么亲切、平和，让人愉悦。我还看见了尼古拉哥哥和黑眼睛的奥莉雅，看见我和奥莉雅时刻想念着的那棵罗汉松，看见一片满是秋色的花园、绚烂的夕阳与刺骨的寒风。

我看着奔腾的河水，它不慌不忙地荡漾起灰色的波澜，冲向黄土峭壁，又消失在远方。火车哀鸣一般的声音不时地随着风传来，我用尽全力不去倾听，因为正是它带走了我的格奥尔基哥哥，带走了我所信仰的生活。

从格奥尔基哥哥被抓的那天起，母亲就向上帝许愿，答应说只要能救回格奥尔基哥哥，她愿意往后的一生吃素还愿。母亲是一个说到做到的人，从话说出口的那一刻起，直到她生命的最后一秒钟，母亲都没有破过戒。或许是冥冥之中上帝被她的执着所打动，一年之后，格奥尔基哥哥就被释放了，被押送回巴图林诺庄园，虽然规定他三年之内不能离开庄园，还必须定期去当地的警局报到，但这已经让母亲感到心满意足，十分欣慰。

成 长

中学的最后一年里，我莫名其妙地成长得飞快，不只是身体，心智上也渐渐走向成熟，我变得更自信与开朗。

我很喜欢这种变化，它让我感觉自己像是春天的枝丫。春天是会发生奇迹的季节，一天之内，地上与树上都会冒出无数的嫩芽。而眨眼之间，嫩芽又像是听到了冲锋的号角一样，争先恐后地绽放开来，争着向人们报春。如果遇上春雨，滚滚的乌云从四面八方飘来，春雷响遍大地，嫩芽就会在雨水的滋养里变成郁郁苍苍的绿叶，在阳光下光彩闪耀。我想，少年时期心身发生的所有变化与这个画面有着同工异曲之妙。

一般来说，男生成熟的标志就是脸上长出胡须，身材变得强壮。但我天生手脚修长纤细，脸颊的线条则是像雕塑家用刀修刻出来的一样立体深邃。我眼睛的颜色变得更加湛蓝，皮肤上长出了金色的毛发，从镜中看，整个人算得上是健美且壮实的。

身体上的变化增添了我的自信，我对生活也开始充满期待，不再像以前一样抵抗考试，而是刻苦背书，充实而紧张地学习着。我把自己安排得像是上了发条的闹钟，每天劳碌到凌晨三四点才上床休息，天刚刚亮，就又按捺不住地从床上爬起来，认真洗漱，换上整齐干净的衣服，诚心诚意地祈祷。期末考试那天，我走在通往学校的路上，心里十分平静。我默默地告诉自己，你已经把课本倒背如流了，不论什么问题都可以解决，只需要把脑子里的东西搬到试卷上就完美了。那样一来，我就可以踏上回家的路，开启美好的假期生活了。

和我预料中的一样，考试进行得十分顺利。但考完试后，父亲、母亲并没有亲自过来接我，而是派车夫驾着四轮马车来了。在我眼里，这是对待成年人的礼节，宣告着在父亲、母亲的心中，我也已经成为一个成熟独立的人。年轻的马车夫十分健谈活泼，在回巴图林诺庄园的路上，我们一路有说有笑，成了志同道合的朋友。当时庄园还很富饶，繁盛葱翠的果园里隐藏着奢侈的地主家舍，还有好几处广阔的池塘和无边无际的牧场。当我远远看见绿草如茵的牧场和那零零散散的野花时，茅塞顿开般瞬间明白了幸福的真谛。翠绿、柔软的草地，碧波荡漾的池塘，在我看来这就是人间天堂；婉转动人的夜莺歌声，此起彼落的蛙声，在我听来就是快乐的旋律。

暑假期间，尼古拉哥哥即将迈进婚姻的殿堂。尼古拉哥哥与我们其他几个兄弟姐妹的性格完全不同，他性格冷漠，不喜欢说话，因为这样，他显得格外寂寞。在百无聊赖之中，他选择了一位国有庄园管家的女儿作为妻子。

喜事给家里带来了从未有过的活力，每个人都被新鲜欢快的气氛感染到了。更值得开心的是，伴随着六月傍晚的夕阳，格奥尔基哥哥跋山涉水地回到了家里。

那时，傍晚昏暗的天色从四周笼罩过来，乡村的院场上飘散着一丝丝若隐若现的青草香味，家里老房子高耸而宽阔的屋顶在夕阳里静默着。我们大家坐在阳台上，喝着热乎乎的茶，眺望着收获颇丰的果园，一切就像是古代文学作品里面所描述的田园牧歌一样，和谐宁静。正在这时，载着格奥尔基哥哥的马车慢慢地驶了过来，让这个黄昏成为大家记忆里最幸福的一刻。

宁静欢乐的气氛弥漫了全家。我和尼古拉哥哥几乎每天都要乘着马车去找他的未婚妻，和他们沿着乡村的林荫小道奔驰游玩，看茂盛的黑麦、茵茵的花草，听布谷鸟在白桦林里快乐地歌唱。每当黄昏把西边的天空染上一层金黄色，色彩缤纷的晚霞给房屋、院子、河流、小溪和果园全都披上了红纱，未来嫂子的小妹妹就会把八音盒的按钮打开，让悠扬婉转的音乐随着缭绕上升的炊烟飘荡。我未来嫂子一家对尼古拉哥哥和我都十分热情，她本人虽然姿色普通，但平易近人，很快我就和她建立起了深厚的感情。我很喜欢她家的装饰，墙上美丽的风景画和插在花瓶里艳丽的紫色芍药花，都让我感到非常舒适。

因为年龄还小，我没有资格做伴郎，只能充当花童的角色，但平心而论，对于花童来说，我的年龄又太大了，这使我有些尴尬。但我喜欢尼古拉哥哥和嫂子，喜欢这个象征着幸福的婚礼，因此，还是用尽心力地准备着。

那天我很早就起来打扮了，身上穿着整齐鲜亮的新衣服，手上戴上了雪白的手套，头发也梳得光滑润泽。按照习俗，我为嫂子穿上了白色的缎子鞋，并挨着她坐进了装扮一新的马车里。两匹高大的灰马拉着马车奔跑起来，当时正是雨季，雨水飞舞着，道路满是污泥，马蹄声处无数黑黝黝的泥浆翻滚着向四周溅开。沐浴过雨水的黑麦被沉甸甸的麦穗压弯了，整齐地倒向路边。将要下山的太阳为细雨镀上了一道道金边，仿佛下了一场黄金雨——这在家乡人眼里，可是结婚的好兆头。雨滴落在马车的玻璃窗户上面，仿佛是钻石一样闪闪发亮。我坐在马车里，身边的新娘洁白美好，淡淡的香水味弥漫在四周，有一种说不出的美妙。

婚礼充满了古老而神秘的乡村气息。教堂那盏并不奢华的花枝形吊灯上面插满了白晃晃的蜡烛，乡亲们用心地唱着高昂的歌曲，许多害羞的妇女和女孩站在教堂大门外观看婚礼，眼神里充满了羡慕。我们全家每一个人都沉浸在这幸福中。

我第一次感受到了婚礼仪式的魅力，并且怀念着它带给我的感受。我还能清晰地回想起，那是一个宁静的乡村教堂，教堂内部装饰简朴，却透着一股庄重的气息。乡村牧师站在讲台上，和其他例行公事的牧师截然不同，他跟着宾客大声欢呼着，仿佛他也是我们的家人。尽管他的声音太过于尖锐，听起来很不和谐，可是却充满了真挚的热情。他的欢呼声在教堂中回荡，在古老的石墙和拱顶中，创造出一种独特的悠远旋律。这旋律虽然不完美，却让人感受到了信仰和传统的力量。

这场婚礼还使我们全家团聚了，我感受到了前所未有的温暖与幸福。这个时候想要让我回到学校去乖乖上学，根本不可想象。

第三章

返 乡

退学

人类就像独自在宇宙中旅行的流星。因为各种缘分的偶然相会都可能使我们偏离既定的轨道。在经历无数次波折之后，我回想起自己退学的经历，常常忍不住问自己：如果当时不退学，我将会走上怎样不同的人生道路？

退学这件事发生在我念中学的最后一学期里，父亲难以接受我这个突然的决定，他说，这是不务正业的年轻人的臭毛病，我已经完完全全成了浪荡公子。同时他还引咎自责，责怪自己对我疏忽管教，我才会做出这样荒唐的行为。

可事实上，退学并不是我的一时冲动，而是经过深思熟虑后的结果。在格奥尔基哥哥被捕之后，家里变得小心翼翼，诚惶诚恐。我虽然一开始也被弄得不知所措，但后来却冷静而坚韧了起来。我想，人不能唉声叹气地过日子，生活是这么美好，未来一定还有希望。那么，希望在哪里呢？我认为希望是在文学中。文学对于我来说就像是"心

灵与生活的诗篇"，我想要成为第二个莱蒙托夫或是普希金，因为从读了他们作品的那一刻起，我就得到了安慰与理解，他们就像是我慈蔼的长辈，让我充满力量与勇气。

参加完尼古拉哥哥的婚礼后，我回到学校总是会心神不宁。我不再花时间努力钻研各种各样的功课，而是到市区与郊外打发时间，甚至到火车站看列车进站出站，来来往往。不知道为什么，看着那些南来北往的旅客们带着大包小包的行李登上火车时，我总是心生向往。我还羡慕身形高大的车站看门人，总是聚精会神地看着他披着制服大衣在候车厅里大声地宣布将要启程的火车班次。他的嗓音沙哑浑厚，在铁路职工独有的悠长、威严的腔调里掺夹着几分忧郁。

终于熬到了圣诞节，我早早就跑回宿舍打包行李。那是个狂风暴雪的傍晚，雪橇上覆盖着一层厚厚的冰雪，寒风吹起碎雪狠狠地砸在脸上，我并没有因为这恶劣的天气感到手足无措，反而十分激动，因为我知道，自己将要永远地从压抑的学校里解脱了。冷风吹开我的衣领，钻进我的身体，雪地上的车轮印纵横交错地从我眼前闪过，我几乎要吼出声来。

车站里，列车像身上披着雪白战袍的将军，在雪夜里穿行不息。车窗外，迷雾缭绕，路灯昏暗发光；列车上，炉火发出噼啪声响，把车厢熏得十分温暖。一窗之隔，冰火两重天。我趴在飘闪着冰花的窗户旁边，借着雪光努力地看着窗外的景色，周围黑乎乎的一片，暴虐的风雪吹过深不可测的树林，化作锐利的叫喊。

火车大概晚两个钟头，到达换乘站——瓦西里耶夫村已经是半夜了。那暴风雪丝毫没有要停歇的意思，我只能在冰冷刺骨的车站里受煎熬，等待着太阳的升起。候车厅里，昏昏沉沉的煤油灯散发出令人难以忍受的气味，被大雪打扮得像圣诞老人的列车员手上拎着堆满烟灰的红色提灯来回走动。那些顽皮的雪花，随着风吹来，把门撞得砰砰直响。我躲进了妇幼候车室，找到了一张小沙发，蜷缩着身子躺下，但激动的心情和不愿停歇的风雪，还有人们粗重的说话声一次次把我从梦里拖出来，完全不能安稳入睡。随着人们说话声越来越大，火车声越来越响，冷清的夜空终于透出了黎明的亮光。我从沙发上跳起来，觉得自己从来没有这样精神焕发、神采奕奕。

一个小时后，我来到了尼古拉嫂子家位于瓦西里耶夫村的房子。一位叫安亨的少女为我倒了一杯热乎乎的咖啡，她是嫂子的远亲。安亨是那样美丽，她既让我的心快要从胸膛里跳出来，又让我羞涩得不知所措、不敢抬头。

回到巴图林诺

退学之后的冬天，我对巴图林诺庄园的感觉焕然一新，觉得它的风景格外优美。每天早晨，厚厚的白雪堆满了场院，雪橇在雪地上留下了一道道或深或浅的痕迹。门口的石柱上堆满了白雪，像是用美玉雕刻而成；阳光照耀在白雪上，光芒耀眼却安静无声。打破宁静的往往是早餐的香味。甜丝丝的气味弥漫在冰冷的空气里，为我的早晨平添一份幸福的滋味。

乡村里，从堆满白雪的屋顶到铺着雪毯般的地面，四处都发着光，仿佛谁在这世界里撒了满天满地的钻石。从窗口望去，远处的果园里也是一片白雪皑皑的景象，那黑里透着红的树枝被雪压弯了腰。我家正屋的斜坡后面，有一棵过了百岁的老杉树，它繁密茂盛的枝叶平常能刺破天空，落满雪后又变成了高不可攀的雪山。而门廊呢？它在阳光的沐浴下，变得暖洋洋的。几只安静的乌鸦规规矩矩地待在上面，闭目养神，纵情享受着冬日的阳光。

不过，屋里可就是另一种景象了。我家的窗户全部都向着北边，室内光线非常暗淡。屋里点着一个火炉，随着火焰的抖动，火炉发出了噼里啪啦的响声。铜炉门颤抖着，像个行将就木的老人。阴森的走廊尽头，是许多间卧室。大厅就正对着卧室，装着两扇漆黑的橡木门。我家的大厅还算得上宽阔，但没有炉火，所以阴冷无比，寒气好像把墙上的两幅肖像画都冻成冰块了。有一幅肖像画是我的祖父，他头上装饰着卷曲的、文雅大方的假发，肤色健康，面色端庄；另一幅肖像画是俄罗斯的保罗皇帝，他身穿红色的翻领制服，翘鼻子看上去有些滑稽。阳光有时会照进大客厅，那用木板拼接成的长条形地板便闪耀出深红色或紫色的光斑，仿佛无数个小火苗在旋转跳跃。从这里的窗户可以看到远处银装素裹的果园和那棵百岁老杉树。

说真的，老杉树越看越美丽，特别是在月光和白雪的映照下，简直让人惊叹不已。晚上，黑乎乎的大客厅寂静空旷，似乎飘散着薄薄的烟雾，老杉树肃穆地站在高远、皎洁的月光下，树枝裹满白雪，仿佛一个披麻戴孝的巨人。它那耸立的尖锐树顶向着瓦蓝的夜空刺去，好像要和天上的星星比高。而在那泛着微光的辽阔的天地交界处，光亮而透明的天狼星在轻轻颤动着，仿佛一大颗耀眼的浅蓝色宝石。在那微弱、迷人的月光下，木地板上格子窗户的投影无数次地陪着我漫步，伴我朗诵数不清的雄壮而浑厚的诗句。

在漫长的冬季里，我和格奥尔基哥哥常常一边散步，一边热闹地论谈，这让我增长了不少见识。我还常常会去瓦西里耶夫村，到我堂姐的庄园里去借书看——巴图林诺唯一不足的地方就是家里居然没有一本书。

我堂姐家坐落在高岗上，对面就是尼古拉嫂子的父亲工作的国有庄园。堂姐丈夫的名字叫作皮萨列弗，是个性格很好的人。堂姐家里的书大多是她的公公留下来的，那位老人的性格古板，不近人情，父亲曾经因为一些事情和他绝交。正因为这样，直到今年他离开人世了，我们两家人才能够恢复正常的交往，我也才能有机会尽情地翻阅那些他珍藏的书。

那些书籍大多是大部头的经典著作，包装精美，不仅有精美的烫金皮革封面，书背上还都烫着一颗颗金灿灿的小星星。而书本里面的骑士、花冠与竖琴等图画，则充满了浪漫的情调，我越看越感兴趣，无论如何也停不下来。一直以来，我对文学创作都有着极大的兴趣，这些美好的诗卷更是无时无刻不在撩拨着我的心。为了能写出使人兴奋、感动的文字，我让自己遐想的翅膀飞到云霄之上，因此获得了很多妙趣横生的感想，例如，当我阅读到"诗人的青春被战场召唤""激流犹如直泻而下的三千丈白发，从山顶咆哮而来。激流，飞奔吧"等诗句时，我的眼前仿佛出现了迷乱的诗人、气势磅礴的瀑布与美妙的晨光，无比动人。

这年的圣诞节也给我留下了极其美好的印象。那天，尼古拉嫂子一家来我们家拜访，幸福和热闹充满了每一个角落。在家里，到处都是客人抵挡寒风的衣物与送来的礼物，走廊里堆满喷了香水的皮衣和皮靴。到了晚上，我们还按照以前的习俗，打扮成村夫村妇，或是些别的什么奇怪的人，到附近的庄园去玩。大家都戏弄我，把我的头发绾得高高的，给我画眼描眉，甚至还用木炭在我脸上画了八字胡。我也不生气，全程都笑得直不起腰来。打扮好了之后，大家就大叫、大笑着出了门，直奔停在院子里的雪橇。雪橇有些有座位，有些没有，可没有人介意。一时间，雪地里铃铛声响成一片，雪橇飞速地越过或大或小的雪堆，消失在夜色里。

那一夜，我与安亨——就是退学回来的第一个早晨，给我送上热咖啡的少女——坐在同一辆雪橇上面，我一辈子都无法忘记这一刻。我永远都会记得在那风雪呼啸的寒夜里动听的铃铛声，记得那白雪皑皑下的荒凉田野，记得那在我眼前星星落落的灯光，更记得我那滚热的手握住了安亨刚刚从皮手套里面伸出来的柔美、细长的小手。借着暗淡的夜色，我清楚地看到了少女颤抖的眼睛里闪烁着爱的亮光。

皮萨列弗的葬礼

春季应该是一个美好的季节。但那一年的春天，堂姐夫皮萨列弗突然的离世给我们全家人带来了沉痛的打击，在我的记忆里，巴图林诺就是从那个时候开始正式衰落的。

皮萨列弗的离世非常突然，就在那之前的两个星期，我与父亲还去看望过他。他是一个身体结实，皮肤黝黑的人，脸上的大胡子乌黑浓密，看上去威武非凡。当时，他身穿红色的丝绸立领衬衫，衬衫的衣摆松松垮垮地拖拉在裤子外面，裤子是丝绸的薄灯笼裤，配上那大红色镶着银纹的鞋子，整个人显得神气十足。然而，就是这样的一个人，在十几天之后却突然离开了我们。

那天，我们全家到来的时候，皮萨列弗已经被人收拾整洁，换上了葬服。他平躺在灵床上一动也不动，虽然已经没有了呼吸，神态却像是睡着了一样。家人们把他的头发梳得光亮而顺滑，连他的胡子都被精心打理过。他的衣服是全新的，外套和里面的衬衫都仔细烫过，一点儿褶皱也没有。他的脖子上打着领带，床单盖在腰部，他床单下的双腿伸得笔直，两只脚被捆绑在一起，端端正正的。我发呆地看着皮萨列弗的脸，鬼使神差地摸了摸，那时他的脑门与手还留有一些温度。直到傍晚，他慢慢地变得僵硬，我才相信他是真的已经离开人世了。

大家围着灵床，听着教堂的人用凄凉的声音进行哀悼。烟雾缭绕，火焰通红，我泪如泉涌，没有办法直视那用华丽的天鹅绒包裹着的棺材，更无法直视皮萨列弗脸上乌青的眼眶与络腮胡子。

丧礼持续了三天，每当夜晚来临，我就会不停地做噩梦，悲痛的感情从内心涌出来，有无数个人影在我眼前晃动，有时清晰，有时模糊。场面十分混乱，他们来回奔走，嘴里絮絮叨叨，仿佛是在商议着什么事情，又仿佛是在自言自语。

相比之下，大自然却沐浴在春天的暖阳里面。林子里的小鸟欢乐地啾鸣着，金色的合欢树抽出鹅黄色的嫩芽。远处，还未发芽的柳树上空笼罩着一层橄榄色的雾气，不时飞过的白嘴鸦生龙活虎地哇哇鸣叫着。我望着这一切，心里暗自发酸：谁能想象在这悠闲而又惬意的生活里，死神会忽然降临呢？死神的停留让我感到寒冷无比，我只好向太阳求助，奔向辽阔的原野，等待日出。好在太阳并不吝啬它的荣光，不一会儿，我看到远处地平线上的公鸡在金灿灿的光束中打鸣，那声音嘹亮又绵长，马上就驱赶了我心中的黑暗。在阳光里，我的恐惧渐渐褪去，一股倦意袭来，我趁机跑回宅子。回到房间后，我拉过被子捂住脑袋，陷入了昏睡。

我好像做了一个没有尽头的噩梦，我看到自己站在挖好的墓穴边，所有人都握着铲子看着我，好像即将被埋葬的并不是皮萨列弗，而是我。我从噩梦中惊醒后就赶紧起来，害怕又被梦魇拉扯回去。我看了一眼挂钟，才发现我以为很长的梦境，不过三个钟头罢了。

我想到大厅里的样子，又感到心里一阵阵发凉。皮萨列弗本来是这座宅子的主人，现在却孤零零地躺在大厅的棺材里，而他的房间却住满了前来悼念他的人。所有来客都躲在自己居住的房间里，紧闭门窗。这是两个世界，活着的客人们来送别死去的主人，但恐惧和悲伤萦绕在每个活人的心头，大家都在祈祷着这一切赶紧结束。

挣脱可怕梦境后，我发现我的哥哥斜靠在沙发上。他整个人被烟雾笼罩了，他的心思好像全在指间的烟草上，完全不在意床单滑到了地上，也不打算把它捡起来。我突然迷茫起来，不知道自己该怎么办。我不敢去大厅，也不敢和哥哥说话。我只好起身穿上了外套，仔细观察这个房间。这是一个书房，只摆放了一些最基本的家具，四周是款式非常经典的黄色壁纸。哥哥喷出的烟雾又让我想起皮萨列弗，他平时是不是也这样呢，早起后就到书房来抽一支烟。哥哥似乎也在想念皮萨列弗，我看到他正盯着书桌，那下面有一双男式软底鞋，那是皮萨列弗的鞋子，典型的高加索风格。

半个月前，这双鞋子的主人皮萨列弗还好好的呢，那时他还能和家人开玩笑，举手投足间全是潇洒不羁的派头。可现在，那双鞋子等不到主人了，它永远也不会再被人穿在脚上了。我也和哥哥一样盯着那双鞋子，皮萨列弗走了，他的鞋子却留在这里。一百年以后还会有人记得皮萨列弗吗？那个时候这双鞋子又会在哪里呢？它会不会还在这个房间的书桌下等着皮萨列弗？

如果皮萨列弗的鞋子一直留在这里，那么皮萨列弗会去哪里呢？他会有灵魂吗？如果有灵魂，他会像鞋子一样留在宅子里吗？如果他不住在宅子里，他会去天堂吗？他的祖先会来接他吗？如果皮萨列弗的祖先把他接走了，他是不是就住在天堂里了？住在天堂里的皮萨列弗会长什么样子呢？如果皮萨列弗不想住在天堂，他能选择回到人间吗？如果他回到人间是不是要等到下辈子，他在棺材里的样子会不会就是他下辈子的长相呢？

我怎么也想不明白，终究还是来到了大厅。今天是整个丧礼最重要的一环，皮萨列弗就要下葬了。皮萨列弗的棺材被静静摆放在大厅中间的灵床上。棺材周围点了一圈蜡烛，这些蜡烛就快要烧尽了，微弱的光线照在皮萨列弗的脸上，他的脸变得又黄又黑。两天前他还是一个活生生的人，他那天起得很早，和往常一样精心打理了胡子，还去堂姐的卧室和她说了话。这一切看来不过是无数个寻常日子的开始，我们谁都没有想到，不过半个小时之后，皮萨列弗就倒下了。他的身体明明还是温热的，却只能任人摆布了。大家拥上去给他擦拭身体，给他穿衣服，又把他放进棺材里，这一切他都不知道了。可是，我想就算他变成黄黑色的皮萨列弗，也还是我们大家的皮萨列弗。

现在就要进行下葬前的最后一个环节了。在此之前，我只在学校学过这样的仪式，但当时我完全没想到皮萨列弗会和这种仪式有关。

这是为皮萨列弗举行的葬礼。一想到这一点，我就忍不住开始害怕和担心。皮萨列弗什么时候才能醒来啊？他已经安息了又怎么能醒过来呢？如果他等了好久好久才醒过来，那我们还在吗？如果我们也都不在了，皮萨列弗醒来以后该有多孤独呀！他就得一个人过着没有朋友和家人的日子了。

我越想越害怕，更加为皮萨列弗担心。这时，来了几个非常强壮的男人，他们打着饱嗝走进了大厅，穿着简单的衣服，也没有多余的装饰和打扮。其中一个男人展开了一大块白布，另外几个男人手脚麻利地扯过白布，垫在灵床边缘。他们的动作非常熟练，两三下就把棺材挪到了白布上面，再用白布把棺材挪下灵床。接下来他们默契地把头转向我们，看起来小心又忌讳。几个男人的动作让我有了一种感觉，皮萨列弗曾经体会过人间的各种情感，可是现在他不再是人了，而是躺在华美棺材里那不能直视的神圣之物。

皮萨列弗被摆弄成虔诚的样子，他僵硬的双手重合起来，扣在胸前。抬棺人每走一步，皮萨列弗的脑袋就跟着摇晃。他没办法回来了，他经过门厅，来到宅子前的空地。有两个握着十字架的男人正在等待，皮萨列弗的棺材一过去，他们就凑上来，将一旁的棺材盖竖起。抬棺人也默契地放下托着棺材的白布。

从门厅向外眺望，能看到不远处的钟楼。我突然觉得钟楼那庄严肃穆的钟声变了，听起来既急促又悲戚。我好像看到正扶着棺材的父亲也深受感染，他的表情从严肃变成悲哀。

我跟着人群走到了教堂，皮萨列弗的容颜映入眼帘，看上去静谧而安详，仿佛已融入永恒的宁静之中。我抬头仰望，那坚实的拱顶犹如匠人精心绘制的苍穹，深邃的蓝天上，白色云朵缓缓舒展，宛如一幅宏伟的史诗画卷，诉说着岁月的沧桑。

结束了弥撒仪式，我盯着皮萨列弗的脸，我觉得他的脸好像起了一种变化。他茂密的大胡子变得稀少了，嘴巴也被拉长，还紧紧闭着。在这一刻我才终于敢承认，皮萨列弗已经去世了，他现在就像一尊圣像。我想他的祖先一定来接他了，因为他也成为一位祖先了。

在肃穆的教堂内，人群的声音汇集成一首赞歌，这是为了送别皮萨列弗的灵魂。人们将会用最纯净的橄榄油，轻轻地擦拭他的脸颊和手脚。然后，他们将以泥土为画笔，在他的身体上画上十字架的标志。之后，他们会用轻柔的纱巾覆盖他的面庞，那面庞曾是如此生动，如今却只剩下寂静。最后，棺木的盖子将会缓缓地合上，将他与这个世界永远地隔绝开来。

皮萨列弗即将踏上他最后的旅程，去往幽暗的地下。

我目睹了皮萨列弗下葬。在他下葬的时候，堂姐忍不住痛哭起来，随后所有来参加葬礼的人都开始悲泣，连我那一向坚强，正在笨拙地扶着棺材的父亲，脸上也充满了悲痛之色。

我知道，在葬礼结束之后，大家都会回到自己的家里，回归自己的生活。时光一点点流逝，皮萨列弗将会逐渐退出我们的记忆，永远地躺在教堂后面这看不到天空和太阳的墓地里，而我一想到自己早晚也会迎来这么一天，就觉得更加悲痛难忍。

平复

葬礼结束后，在回家的路上，堂姐一直用手绢遮盖着泪眼，走路跌跌撞撞的。父亲小心地扶着她，不停说着抚慰的话。那些话语的内容虽然乏味，可是听起来却让人觉得亲切万分。

我们走在春天柔软的土地上，任凭太阳炙烤着头顶。我听到白嘴鸦悠长的叫声，感受到果园里春意盎然的气氛。在料理完这一场葬礼之后，大家都疲惫到了极点。但我想，每个人心里除了对死者的可惜，多多少少也在为自己依然活着而庆幸。

为了举办答谢宴，堂姐家的大门敞开着，窗户明亮，地板和玻璃都擦拭过了一遍，远远望过去充满朝气，完全不像是刚失去了男主人的样子。但一走进大厅，我就闻到了之前那具棺材散发出来的让人毛骨悚然的味道。这味道里夹杂着刚擦过的地板的湿气和户外新鲜的空气，显得越发奇怪。可除了我，其他人好像都没有感到丝毫的不适，答谢宴十分丰盛，教堂里的工作人员和用人都喝了很多的酒。

为了帮助堂姐收拾残乱的局面，父亲在瓦西里耶夫村暂时居住了一些时日，我便也一起留了下来。悲伤依旧笼罩着我们的生活，我没有心情做其他的事情，每天就在皮萨列弗的书房里看戏剧《浮士德》，和书本里的主人公一起，陷入重重矛盾里，听从命运的安排。

"我要投入生命的激流，掀起事业的狂飙——我随波逐流，我来去自由！生生死死，生命的潮汐，交织纵横，火热的生命奇迹，我依偎着呼啸的时间机杼，织造献给神明的生命之衣。"

文字总是能给我带来生活的勇气，不久之后，我的心情便逐渐平复下来。大地回暖，万物生机盎然，不仅是我，所有人都认为应该忘掉悲痛，努力地生活着。堂姐不但把家里收拾得整整齐齐，还在房屋规划与家具放置上面做了很大的改变。她把一部分旧家具挪作他用，其他的则藏到了阁楼上。原本男主人用的小会客室后面的主卧被改成了大客厅，新的卧室设置在了儿童卧室旁边，里面的摆设也焕然一新。

皮萨列弗的遗物都被收起来了，我在后门走廊亲眼看到用人把他的贵族制服与带着红帽圈的制服整理好，放到旧木箱里。父亲开始掌管农庄的经营运作，全家上下的用人们也打起了精神，尽心尽力、非常配合，大家都希望全新的开始能够带来全新的生活。最让我感到欣慰的是堂姐，她不仅不再每天以泪洗面，在吃饭时面对孩子们提出来的天真的问题，她还会微笑着解答。

堂姐家与尼古拉嫂子家都在瓦西里耶夫村里，住得很近。大家都恢复精神之后，我便和安亨开始相约散步、聊天。白天我到阳光明媚的花园里看书，计划着和安亨一起游玩的新目标；等到夜幕降临，我们就在河边或果园的洼地见面。那时，天空中是弯弯的月亮，耳边是婉转动听的莺啼，身边是蹦蹦跳跳的安亨的几个小表妹，这样悠闲的时光让我感到幸福。

在这样一半温情一半忧伤的时光里，时间过得很快，不久，安亨就要离开瓦西里耶夫村回家去了。分别的那天，我哭得像个疯子。我想，或许连安亨都没有意识到，她的朴实、乐观在这段特殊的日子里给了我多大的安慰。

第二天早上，我沿着干巴巴的村中小路走回巴图林诺村，道路两旁都是蒙着薄雾的农田。树林的林荫小路中，枝叶遮蔽着阳光，满眼的苍翠茂盛，小鸟在林间唱着动人的歌。我跨过地上堆积的烂树叶，经过盛开的铃兰与青草丛，感觉身心疲惫。那一天，我回到巴图林诺，差点没认出自己熟悉的家。不知道为什么，我忽然感觉它是那么陈旧、狭小，完全不同于我记忆里的模样。

作品初登

皮萨列弗去世的那个春天，我只不过是一个十六岁的少年，然而当我经历了悲痛回到巴图林诺的时候，我明显感觉自己已经是成年人，我应该和其他成年人一样，公平地享有权利，承担责任和义务。我决定，要重新开始一种充盈的生活，一种纵情享受诗情画意的有乐趣的生活。就像诗里面写的那样："满怀美好的愿望走入人生。"

那时，我觉得自己仪表堂堂、身心健康、充满活力的同时又前途无量，头脑聪明，举止大方。我拥有着年轻人独有的清高、单纯和刚直不阿，对所有的卑鄙行为给予轻视，对所有的高尚思想表示敬佩。我反复朗诵莱蒙托夫和海涅的嘲讽诗句，还有浮士德将死时眼睛看着月亮、万念皆灰的怨诉，并且尝试着创作属于我自己的文字。

一天，从火车站回来的马车夫递给我一本彼得堡的杂志。一个月前，我曾经给这家杂志社投稿了自己的第一部作品。翻开杂志的瞬间，我好像双眼触电，整个人都愣住了——杂志上赫然印着我的名字。

之后的一段时间，我都沉浸在第一次发表作品的欢快心情中，虽然我心里很清楚，一朵花的绽开不能代表着春天的到来，这一件小小的事也不能让生活发生地覆天翻的变化，但我仍然从中看到了未来的光亮。每当我心潮澎湃的时候，我就打开先祖传下来的小桦木盒子，里面收藏着我写的几首诗歌。它们安静地躺在我从乡村小店里买来的几页发黄的纸上。这些纸张还隐隐约约带着一些薄荷香烟的味道。我隐约有种感觉：这个盒子就是我未来的希望。

那段时间，我们家族一天比一天贫穷的事实已经没有办法让人视而不见了，可父亲不仅没有振作起来，反而更加不务正业，借酒消愁，常常醉得不省人事，蓬头垢面地大发脾气。这让我觉得，走一条家族里的人从来没有走过的道路，或许反而会有一线生机。

有的时候，我会想象父亲年轻时候的生活，那时候他的生活奢侈，想干什么就干什么。而现在呢，简直是天壤之别。我被禁闭在这座小小的庄园中，抬眼望去全是荒无人烟的山岭。那位于角落里破旧的房间，就是我畅想和创作的地方；那用腐朽的窗框与彩色玻璃组合而成的窗户，就是我触碰外面世界的桥梁。我甚至连得体地出入各种场合的衣服都没有，去别人家做客时只能穿上格奥尔基哥哥入狱时穿的那件简朴上衣。再想想渐渐年迈的母亲，还有一天天在长大的奥莉雅，我就心如刀割。父亲每次不高兴的时候，总是会用"纨绔子弟"来称呼我，可我心中清楚并不是这样的。我有自己的目标，我的目标就是走出这个闭塞的庄园，用笔创造财富，享受财富给人带来的快乐。

普希金和纳德松

一转眼便来到了我最喜爱的夏天。花园里的景色焕然一新，小鸟从早到晚都在这里唱歌，四周的一切都显得不同寻常，十分清新。我常常把房间里那两扇小巧的、古色古香的窗户打开，躺在床上安逸地看着书，对往后的生活展开想象。有时，我会悄无声息地进入梦乡，这种睡眠总是格外香甜，醒来之后特别神清气爽。如果饿了，我会去餐厅或者厨房，找黑面包和果酱吃。白天，厨房里面只有列昂季一个老用人。列昂季的身材高瘦，脸上满是黄黄的胡须。他曾是外祖母的厨师，或许是经历过太多的波澜，年纪越大越是喜欢一个人待着，他经常躺在厨房角落里脏兮兮、热乎乎的灶台上面。

有时我会忽然从睡梦中醒来。这时，月光洒满了花园，门前的空地上也会反射出玫瑰色的光彩，露水的味道扑鼻而来。罗汉松依旧高高地耸立着，一侧迎接着月光，拼命地把顶端的树枝伸入寂静的夜空。遥远的星星稀稀落落地散落在天上，安静地闪着光。圆盘似的月亮则挂在花园的右上方，显露出一种毫无生气的苍白，表面深色的纹路隐隐约约可以看到。我总是会忍不住久久凝视着它，好像看到一位熟悉老友，就算是不说话，也能感受到安慰和理解。

踏着青草往树林里走，露珠挂在了青草尖上，闪耀着璀璨的光芒，我常常选择通往池塘的那条林荫小道，月光穿过枝叶在这里洒下星光点点，显得特别安宁。月亮在树林里若隐若现，温柔地陪着我前行。来到池塘边上，站在洒满露水的堤岸上面，可以看到金黄色的水面轻轻晃动着，倒映出黑色的夜空。几只野鸭用翅膀遮盖住脑袋，睡得十分香甜，为那美妙的倒影又平添了几分姿色。池塘后边靠左的位置，是我从前的同学格列波契卡的家。池塘的对面，是一片土坡，跨过坡地，就是乡间牧场。我还是不禁想起了皮萨列弗，时间一点一点流逝，人们已经逐渐回归了正常的生活。关于他的一切，都凝结成了家里的人物肖像画。他曾期待过自己长命百岁吗？他现在又在哪里呢？而我，从今往后又会去哪里呢？

那时，我对生活充满了期待与不安。而每当我内心无法宁定的时候，我就会阅读普希金的诗句。

我从小就对普希金着迷，我觉得他就像是生活在自己身边的家人一样亲切，他的作品也让我感觉像亲身经历过一样。例如他在诗里对暴风雪的描写："雪花在风中转"，我的家乡卡缅卡下暴雪的时候，就是这个样子的。记得在我很小的时候，母亲有时会带着慵懒、温和的微笑，吐字准确地为我朗读普希金的诗，当她念到"我在书里看到一朵干枯的小花，它已失去了芬芳"的时候，我好像总能看到在她少女时期的日记本里，一朵小花正在对她微笑。

春天的傍晚，我打开窗户，抬头看天上的星星，就会忍不住吟诵"快来吧，我美丽的姑娘。爱情的星星，已经高挂在了天上。"冬天的早晨，阳光照耀大地，我会因为"冰霜与阳光，多么美好的一天"感受到内心无比喜悦。而"少年时，莱蒙托夫走进了我的生活。围栏里的草原一片宁静，高加索犹如银环，将它箍紧。它高邻海滨，皱着眉头在静静地安睡"，这样的描写与我年轻的心是那么相辅相成，和我对远方的憧憬、对幸福的期待是那么吻合，是那么恰如其分地呼应着我内心的声音，并且激励着我。

直到现在，普希金依旧是我精神上的依赖。不过在当时，使我生活迎来转折的还有纳德松。

我是无意中在《周报》杂志上看到了纳德松诗集出版发行的消息。

纳德松在当时名气很大，但其实阅读他的诗时，我从来都未产生过共鸣。类似于"青苔飘浮在池塘上""绿叶在它的上面弯下了腰"之类的诗句，我都觉得没有什么意义，没有办法欣赏。可是，我对于他的逝世，仍然感受到了强烈的震撼，甚至在一次和家人吃饭的时候，我面色惨白，被父亲呵斥"脑子里装的全是些愚蠢的想法"。因此，当我知道诗集出版的时候，就决定立即出发去城里寻找。

坦白说，对于纳德松，我除了诗人的志同道合以外，还存有一点儿私心。那就是他短时间内响亮起来的名声，让我也对功成名就产生了强烈的愿望。我十分想了解他，了解他是为什么让全国瞩目，以便从中学习经验，开创我自己的新生活。

那时家里几乎已经到了捉襟见肘的程度，家里唯一的一匹快马生了病，其他干农活的马儿则骨瘦如柴。我没有进城的代步工具，只能早早出发，走路到大约三十千米远的商业区的市图书馆借阅诗集。图书馆的借阅员是一位有着卷曲长发的女孩，听到了我的来意后，她抱歉地说："现在纳德松诗集的借阅是需要排队的，您至少需要等到一个月后……"

我当场愣住了，心中充满了失落，一时间不知道该怎么办才好。可是女孩马上笑盈盈地说道："您也是一位诗人吧？这样好了，我有一本纳德松的诗集，可以先借给您看。"

我红着脸连忙道谢，既有些不好意思，又因为诗人的身份而感到自豪。拿到诗集之后，我高兴得不得了，在街上蹦来跳去，差点儿把一位刚下马车的女孩撞倒。我不知所措，连忙道歉，一路奔向市场，想找一家餐厅喝杯茶，顺便好好阅读一下诗集。

那是幸运的一天。我一踏入餐厅，就听到有人兴致高昂地呼唤我："小少爷！如果不嫌弃的话，过来和我们一起坐吧！"原来是几个巴图林诺庄园的农民。他们进城搬运砖块，马车就停在了城外的砖瓦厂里。热情的农民们提出顺便带我回家的建议，我当然求之不得，欢喜地答应了。

那天，我在砖瓦厂等了农民们好几个小时，直到夜色降临才踏上回家的路途，刚刚驾驶马车上公路的我们就遇到了暴风雨。狂风席卷着乌云凶猛地扑来，轰隆的雷鸣带着红色的闪电震撼夜空。一道道电光在原野里蹿来蹿去，弄得人目眩神摇，宛如《启示录》中记载的那样："闪光与火焰从天而降"。暗如地狱的天空好像被撕裂一般，隐约显现出泛着黄色光彩的云山，就好像那古老、神秘的喜马拉雅山脉。

马车上没有什么遮挡物，我学着农民们蜷缩在冰冷的砖块上面，但依旧很快被大雨浇得透彻。可是，怀中揣着诗集，心里满是火热的我，又怎么会去在乎这次自然界的侵害呢？

割麦

那个夏季，我全心全意放在了诗歌上面。我最喜欢的时光便是夜晚，那时候四周已经安静了下来，我面对窗户坐下，有时翻阅书籍，有时提笔写作。微凉的夜风从敞开的窗户吹进来，轻轻地晃动着烛火。成群结队的小飞虫也被这摇曳的光亮吸引过来，在书桌上面飞来飞去。若是不小心碰到了火苗，就会啪的一声掉落下来，散发出一股奇怪的味道。午夜时分，总是我一天之中最清醒的时刻。夏天的月亮很低，月光从屋子后面照过来，在花园里投下一片巨大的阴影。我习惯站在这片阴影里面，眺望着明亮的北斗七星，看着它一闪一闪的。侧过耳朵倾听，还可以听到远处有鹌鹑打架的声响。而当黎明来临时，一阵暖风会准时从池塘的方向吹过来，我的内心也因此变得无比宁静。

但这样的日子不断地重复，也会使人产生一种无聊和寂寞的情绪。一天，我为了散心，骑着马出去闲逛，不知不觉来到了麦田。我坐在田埂上面，兴味索然地看着在割麦子的农夫们。在烈日炎炎下，他们都敞开了身上的衣服，排成整齐的队伍向那一大片金黄色的麦田进军。那被满满的麦粒压弯了腰的麦穗，在有节奏的沙沙声中应声倒下，只剩下尖尖的麦茬。一整片麦地就这样从近到远，逐渐换上了新面貌。

在休息期间，一个身材高大、长相端正、肤色较深的农夫向我走来，亲切但别有深意地对我说："小少爷怎么在这里坐着呢？要不要来试试和我们一起割麦子？"我看着他，犹豫了几秒，便答应了下来。

接下来的几天里，我都跟着农夫们在麦田里劳作。刚开始时，身体疲惫得不行，我的双手长满了血泡，脸上的肌肤也都被太阳晒伤了。晚上回家的时候我浑身酸痛，腿也没法抬起来，嘴巴里全是苦艾草的味道。可慢慢地，我渐渐习惯了这项工作，甚至有些喜欢它了。

刚开始割麦子时我手忙脚乱，腰背也酸痛得不行，直不起身来。但比割麦子更辛苦的是装车运输，你需要用一把叉子把一大捆很有弹性的麦秆叉起来，再用力地举起，抛到马车上面。这个时候，手臂和腿都要十分用力。与此同时，还必须忍受麦粒扎在身上的刺痛感，十分难受。然而等到麦子都被一捆捆垒好之后，还要用结实的绳索把它们绑得紧紧的，系在马车上面。紧接着，我们得跟在摇摇晃晃的马车后面，一同前行。道路很颠簸，车轮把燥热的尘土卷起来，扬在我们的脸上与身上。每个人都没有什么遮阳的东西，汗如雨下。再加上马车因为过度装载，总会不断地发出咯吱咯吱的惨叫声，使人忐忑不安，这真不是什么好玩的事情啊。

　　一直到九月，我都在与麦子打交道。我不是在麦田里，就是在运输麦子的路上，或是在脱麦粒的干草棚里。从早到晚，干草棚里的脱粒机都在工作，连续不断地把麦粒吐出来。它的四周都是干劲十足的妇女们，有的用脏兮兮的头巾遮盖着头发，把麦粒堆在一起；有的一边摇着风车，一边热闹地歌唱。而我在她们的感染下，兴致高昂地帮忙，有时摇风车，有时装麦子。

　　劳作给我带来了从未有过的畅快感与充实感，我和农夫、妇女们的关系也越来越密切。就在这时，城里传来了关于我的作品的好消息——我写的文章被刊登在了彼得堡发行量最大的月刊杂志上。

离家之心

作品的刊登不仅给我带来了五十卢布的稿费，还使我的名字被纳入了著名作家的行列。我为此感到振奋，告诉自己该对麦子道别了，必须回到书本和创作中去了。收到消息那天，我克制不住自己，立马出发去城里取杂志和稿费。当时天色已暗，田野看起来如此凄凉、冷清，我的内心却像火焰一般热情澎湃，在大道上赶着马儿飞奔。

马儿跑得飞快，我已经记不得当时在马背上的自己都想了些什么。事实上，当一个人遇到了重要的事情，又必须马上做出决定的时候，他会更倾向于听从自己内心深处的声音。而我，当时对自由与未来充满了向往的我，第一次有了离开巴图林诺的想法。

村民们的木屋陆续出现在了道路两旁，屋子里的灯光溢满温情。透过窗子，我可以看到里面正在用餐的人们。慢慢地，城市的轮廓显现了出来，它温暖而安静，好像连黑夜的降临都比原野里来得更迟。

邮局自然已经关门了，我找到了一家旅店住下来。旅店的院子里停放着许多马车，马儿在欢快地吃着草，发出沙沙的咀嚼声。当我迈着发麻了的双腿，越过破败的木头阶梯进入穿堂，用手指摸索门口的把手时，门突然被打开了。跃入眼帘的是一个既敞亮又温暖的厨房，里面坐满了人，整个房间都飘散着油腻的腌牛肉的气味。在厨房的后面，是半间整齐干净的屋子，那里有一盏明亮的吊灯与一张大圆桌。一群人围坐在桌子边，领头的是一个胖胖的老板娘，脸上长满麻子，嘴唇又长又细；老板看上去是个典型的小市民，骨架很大，鼻子尖尖的，神情严肃，仿佛不太开心的样子。他们俩旁边有着很多体力劳动者，他们一边喝着伏特加酒，一边从一只公用的大碗里面盛肉汤。那碗肉汤的表面，漂浮着一层油水与月桂叶。这个凌乱、豪放与充满能量的场面，使我想到整个古老的国家，想到无数位作家笔下的莫斯科、彼得堡等大城市，我的心又翻涌起来，也想要来些伏特加酒，想要大口地咀嚼肉块！

晚餐结束后，住宿的旅客们都分别在旅店的角落里随意躺下，呼呼大睡。我与另外五位客人的卧室就是刚才吃饭的屋子，有三位客人铺着毛毯睡在地上，我与其他两位客人则直接睡在了坚硬的沙发上面。空气暖乎乎的，但飘散着臭烘烘的味道。屋子里的鼾声响起，使人觉得这黑夜没完没了。

我睡不着，便走去台阶上坐着，想让清凉的夜风帮助自己安静下来，理清思绪。说实话，我这样热血沸腾不是因为我的作品被刊登在了知名杂志，自己成了知名作家，而是因为创作时候的自信，使我差不多认为这一切都是理所应当的。我的确是欢喜的，但这种欢喜依然在理性能够掌控的范围之内。我内心的激动，很大程度上来自城市。没有错，就是这一座深秋夜晚的城市。它好像是一个信号，预言着我未来应该去的方向和应该走的道路。

第二天早上，我就来到了邮局的柜台前，顺利拿到了那本宝贵的杂志和自己生平第一笔稿费。杂志是精装的，很厚，封面是淡淡的黄色。我翻开杂志，里面整齐排列着自己写出的诗句，再一次阅读它们，这种感觉美妙无比。我想当时四周的人们一定都觉得这个年轻人很怪异：他戴着蓝色的帽子，身穿束腰的上衣，脚上蹬着皮靴，步子缓慢，有时候还会停滞不前，把头深深地埋入手中摊开的书本里。

这次进城，除了办自己的事情，按照父亲的吩咐，我还需要和一位叫作巴拉文的粮食商见面，把我们的粮食样品交给他鉴别。如果价格谈得合适，就顺便签订合同。

巴拉文的粮仓面对着大街，一名伙计将我领进了门，来到一扇被红布遮住视线的玻璃门前面。伙计小心翼翼地敲了敲门，做了通报。只听见里面传来了一个不太友好的声音，说："进来！"

仅凭外貌，很难判断出巴拉文的真实年龄。他西装革履，仪表堂堂，面色有些发黄，白色的头发全部被整整齐齐地梳到脑后，浅绿色的眼睛炯炯有神。

看到我之后，巴拉文用淡漠的口吻问："什么事？"

我把自己的来意仔细地做了说明，并把两袋小麦样品放在他面前的桌子上。他并没有看我，自己把装样品的袋子打开，取出一小把麦种，仔细地放在手上搓，又放在鼻子前闻了闻。然后用丝毫不在意的语气说道："这样的麦子总共有多少？"

我心里一愣，问道："您是指有多少担吗？"

"我肯定指的不是有多少车。"巴拉文用嘲笑的口气回答。我听了面色一红，还没来得及回答他的话，他又说道："当然，这不重要。关键是现在的粮价非常低，这一点你是清楚的吧？"他把收购的价格说出来，表示如果我可以接受，可以明天再把粮食运过来。

我点点头，说："价格我同意，但请问能先付一部分的定金吗？"说完，出于既开心又害羞的心情，我的脸又红了起来。

　　巴拉文没回答我，只是从裤子口袋里取出钱夹，十分熟练并且精准地抽出一张一百卢布的纸币递给我。

　　我接过钱，小心翼翼地问道："需要我给您写一张收据吗？"

　　"感谢上帝，您的父亲是一位品德高尚的人。"巴拉文微微一笑，表示生意上面的事情到这里就结束了。接着他从桌子上拿起一个银质烟盒递给了我。但因为我从来不抽烟，便拒绝了他的好意。他并没有为此感到不快，自己抽出一支烟点上，问道："您在创作诗歌？"

　　我诧异极了，迷惑地看着他。他笑着说："没什么奇怪的，我也喜欢这个。不谦逊地说，我曾经也是个诗人，还出过诗集。虽然因为缺乏才华与时间，我没能把文学当成事业来做，但我依然爱好它。我猜，您在彼得堡知名杂志的那篇作品，是第一次发表的作品吧？真心祝贺您取得了成功，另外，我也想告诉您，别小瞧自己。"

　　听到最后一句话，我有些不理解，问道："这是什么意思？"

　　"我的意思是，您一定要对未来认真地做一个规划。"巴拉文说，"恕我直言，投身到文学事业中要有充足的物质资本与文化修养，您一定要确保自己拥有这两样东西。我小时候并不笨，见闻也不少，可是写的都是些什么东西呢？现在回想起来，自己都觉得羞愧。"

　　他仿佛沉浸在回忆里，缓慢地念道："我出生在僻静的草原上，住的是一间破旧的木板房，没有美丽的雕花家具，只有那摇摇晃晃的高板床。"他停顿了一下，接着说："这就是我以前写的诗句，多么空洞！

首先，它并不真实，我出生在一座大城市里，根本就不是什么草原；其次，雕花家具与高板床作为对比，又有什么意义呢，简直好笑。可是我也没办法责怪当时的自己，我那时候很穷，没读过什么书，很无奈呀。"

巴拉文摇了摇头，突然站起身走过来，握住了我的手，真诚地说："我觉得您的才华十分出众，您的文字可以使人感受到快乐。所以我希望我的经历能给您提个醒。好的东西不是这么胡乱看一些书就可以写出来的，它需要生活，需要眼界。"

我看着巴拉文，非常感动，但是还没等我说些什么，他好像意识到了自己的失态，快速地恢复到了之前淡漠的神情，并且暗示我该离开了。

而我走出巴拉文粮仓的那一刻，离开巴图林诺的想法，已经深深嵌入我的心里。

驻足的时光

我虽然已经做好了决定，但一是没有方向，二是没有机会，所以我并没有把要离开家的想法马上付诸行动。生活一如往常，时间在平淡中流逝。我看起来就像一个无所事事的乡下青年，将大部分的时间都浪费在了沙发上与茶炊前。

不久，我们的邻居阿尔费罗夫离开了人世。尼古拉哥哥将他荒凉的庄园租下来，并且在这一年的冬天搬了过去。政府对格奥尔基哥哥的监控观察期结束了，他也开始准备外出工作的事情。

这年的春天，我生了一场病，在家里休养了好多天，不能出门。我经过很长时期的休养与治疗，依然没能好起来。正当我因此感到心烦意乱时，一天清晨，我忽然感觉到了从来没有过的舒畅与活力。阳光从没拉窗帘的窗户照进来，被彩色的玻璃折射成五彩斑斓的光斑，洒落一地。打开窗户，一股初夏的味道霎时扑面而来。我下床洗漱之后，穿戴整齐来到花园里。清新的空气在花草树木之间缓慢流动，带来植物淡淡的香气。昆虫的鸣叫悦耳响亮，让人感觉充满生机。

就在这时，阳台上传来了尼古拉哥哥的声音："这还有什么需要想的？他当然是要去工作的！格奥尔基把自己的一切安排妥当之后，应该也会给他找个去处吧。"这话语中的"他"，当然指的是我。尼古拉哥哥的语气很急切，话语也很僵硬，听起来叫人不舒服。但是我也很清楚，这样游手好闲的生活确实已经走到了尽头。

这年的十月，格奥尔基哥哥决定出发前往哈尔科夫。我记得，当年他也是在这么一个明媚而又寒冷的日子被押送到监狱去的。在送行的路上，我与格奥尔基哥哥热情探讨未来，以便赶走离别的愁绪和对时光逝去的无奈。格奥尔基哥哥许下诺言说："等我熟悉了那儿的环境，挣到钱之后，会马上写信让你过来。具体情况，我们到那时候再说。"我看得出来，他在努力不让自己难过，不让自己失去对未来生活的向往。

送走格奥尔基哥哥后，我是独自一人回到巴图林诺庄园的。我的心情十分低落，以至于一路上都没有让家里唯一的那匹快马休息，回到家后也没有心情去照料它。那可怜的马儿带着一身汗水，光着身子在寒冷的夜里站了一整晚，第二天早上便倒地身亡了。当我在花园后边的草坪上找到它的尸体的时候，饥饿的野狗已经按捺不住，在撕扯着它的腹部，一大群乌鸦也蠢蠢欲动，正找机会从野狗口中分一杯羹。我没办法再看下去，回到家里把自己关在房间内，就这么愣愣地凝视着窗外深秋的蓝色天空与落光了叶子的枯藤老树。最后，来房间找我的居然是父亲。他步伐急促，拿着他那支十分喜爱的比利时双管枪——这是家里仅剩的、唯一值钱的物品了。

父亲果断地把枪放在我的身边，说："我只剩下这个可以给你了，你就将它当成一个安慰吧，不要嫌弃。"

我心里感到有些温暖又有点儿发酸，我抓住了父亲的手，可是还没等到我亲吻他的手，他就将手抽走了，同时有些笨拙地低下头，亲吻我的额头。

"别太伤心了，我说的不仅是马儿，还有你的未来。"父亲努力打起精神，用与往常一样激昂的语调说道："我不是没有想过你的未来，事实上，我对你操心最多。尼古拉终究是有一些产业的，格奥尔基的文化资源也很丰富。而你呢，我亲爱的儿子，你只有一颗善良的心。是我对不起你们兄弟，让你们不得不自己谋求生路，但我也相信，你们的未来会过得好的。不管怎么样，你一定要记住，一个人最大的不幸就是内心的悲伤，知道吗？"

父亲的话让我动容，在这之前，我从来没有感觉到对父亲、母亲有这样温暖的感情。那个秋天，天气寒冷得吓人，我的阴霾却逐渐消失。除了沉溺在书本里，自己学习英语，我还经常与奥莉雅妹妹一起散步。我发现，她比我想象中的要成熟许多，聪明许多。我希望她能拥有崭新的、与我们都不一样的生活。只是在那时，我的未来也是一片荒芜，压根就没有办法为别人做打算。

再谈离家

这一年的夏季，我去城里赶集，很惊喜地偶遇了巴拉文。他与一位投资商走在一起，穿着一身崭新的衣服，手上拿着亮晃晃的手杖，十分体面。而投资商则穿得破破烂烂，紧紧地跟在他身后，小心地在说些什么，眼神里充满了不解。巴拉文高傲、淡漠的样子一点儿也没有变，他只是往前走，对身后的人看都不看一眼。最后，他嘀咕了一句"全是废话"，便朝着我走来。

巴拉文把我带到了一间茶室，态度出人意料的热情和温和，好像我们最后一次见面不是两年前，而是昨天。他先是笑眯眯地问了我最近的情况以及我文学创作的进展，之后又主动聊起了我家现在面临的困难处境。我不知道他是怎么了解到这些情况的，但听着这些，心里总是不太舒服。

"我真的不知道您以后要怎么办才好。一般在这种情况下，人们都会选择参军，或是到事业机构求职，但是明显这些都不适合您的，也与您的才华不相称。照我看，您最好说服长辈，在巴图林诺庄园被拍卖出去之前先卖出去，这样多少还能留下些积蓄。"巴拉文带着一点儿悲观的情绪和我说。我想，他究竟为何要与我说这些呢？是在暗示我可以向他求助吗？他好像是诚心地在为我担忧着，我如果开口，或许真的会得到他的帮助，但这不是我或我父亲所认同的做法。

与巴拉文道别之后，天色已经暗了下来，集市早就散了。我坐在回家的马车上，思绪如鸟群一般在脑子里盘旋。当时，我正在做着《哈姆雷特》的翻译工作，这不仅仅是为了让自己进入一种工作状态，也是为了锻炼自己的能力，好让自己以后能有个生活来源。可是和巴拉文的见面让我如梦初醒——"翻译家"的想法并不现实。家里的情况一天比一天衰败，而我的文学梦想，经过了这么长时间，却依旧只是个梦想而已。这两年的时光，我差不多是荒废了。

在之后的一段时间里，我又陷入了迷茫之中。我总是焦虑地问自己：在巴图林诺，我究竟过的是一种什么样的生活。目之所及，所有人的生活好像都没有变化，工作劳逸结合，悠闲时见面聊天，日子喜忧参半。这样的生活，终究有什么意义可以言说，又有什么值得憧憬的地方呢？

直到后来，我才懂得，所谓的生活，就是一种永远不会改变的等待，是一种对价值、意义与完美幸福的等待。各式各样的面貌，各种各样的景色，虽然最后在我们身上留下痕迹的只有那么一点儿；各式各样的想法，各种各样的情感，虽然像是河水一样在我们生活里奔流不息，但是实际上，它们都在默默揭露着生活的真正含义。而对那时的我来说，充满期望地去追寻生活的价值，就是人生的意义。

人生低潮期间，我没有再逼迫自己思考工作与前途的事情，而是把大量的时间用来狩猎。有时候尼古拉哥哥会和我一起，但更多时候是我一个人去。那时候，家里已经没有快马了，我们大多时候是离开庄园到县城的猎场里去，灰兔成了我们最喜欢捕猎的动物。

一个深秋的早晨，我吃了几个滚热的马铃薯作为早饭，就背起猎枪，骑着一匹老马，牵着两只猎狗出门了。前一天夜里刚下过一场大雨，田野里一片泥泞，冷冷清清。那田地中间纵横交错的小路，挂满了红叶的灌木丛，还有远方灰蒙蒙的杨树和桦树交错的树林，都显得那么荒凉与寂寥。我兴致不高，走了一段路之后便在一位熟悉的农夫家里停下来休息，与他闲谈了起来。农夫家的前面是一个牧场，牧场再远一些的地方是一座早就废弃了的庄园，那是诗人莱蒙托夫的旧居。庄园的房子看上去不大，但是已经破旧不堪，房屋空隙的地方伸出几根黑黝黝的大树枝。

"听说那边那座庄园已经被拍卖了。"农夫一边眯起眼睛凝望着庄园，一边说着。之后他转过头，用眯得更小的眼睛看向我，问道："您那边的情况如何，还没有进行拍卖吧？"

我一点儿也不想讨论这些问题，敷衍道："这些事情都是由我父亲来处理的，我也不太清楚细节。"

农夫赶忙说："那是那是。"他喝了口自己家酿的酒，继续说道："现在很多庄园都开始拍卖了，老爷可不好当了。农民们越发懒惰，只在自己的地里做农活。特别是农忙的时候，农民们要的工钱高得吓人，还一定要提前预支。你说，老爷们的手头都窘迫得很，拿什么预付给他们呢？"

我自然是没有办法回答，休息了一会儿就告辞了。一路上，一眼望去都是衰败、荒芜的景色。无论是乡间小路还是大道，都是孤寂、苍凉的。我感到疑惑，人们都去哪儿了？是对故乡已经失去了信心，搬到了别的地方居住；还是躲在家里，用来忘记秋天的萧瑟？

我有些伤感，为自己，为这里居住的人，为莱蒙托夫。我阅读过很多莱蒙托夫的诗，知道他和我一样，也把这里的庄园看作是童年的乐园。他早期的诗歌缺少力量，仿佛和我一样，在最初写作的时候会不知所措。但后来，他写出了《帆》《塔曼》《恶魔》《童僧》这些力作。我曾经看过莱蒙托夫的肖像，他的眼睛乌黑而明亮，透露出他坚定的内心；面庞则年轻而富有个性，好像暗示着他会迎来充满活力与丰富的人生。事实也的确如此。莱蒙托夫的诗句里，充满了他真实生活的写照，例如充满阳光的山谷，一叶反射出白色光芒的渺小的船，还有充满神话色彩的黑海等，这些经历使我万分羡慕。他虽然年仅二十七岁就在决斗中逝世，但在我看来，莱蒙托夫已经拥有了美妙、丰富的人生。

而我呢？我更加强烈地觉得，我已经到了必须离开家的时候了。

求职

一天，天气急剧变化，晚上狂风猛烈地刮起，十分寒冷。我点起火炉，借着噼里啪啦的火苗，翻开托尔斯泰的《战争与和平》。听说就在前一天，托尔斯泰与家人一起狩猎，经过了我们这附近。和托尔斯泰居然生活在相同的年代，还是住得很近的邻居，这让我感觉到有些微妙。说实话，这又有什么用呢？就算是我能与普希金生活在相同的年代，甚至与他居住在同一个屋檐下，那又能如何呢？每个人都有自己的生活，而普希金的人生，也只能是他的人生。

我站起来，穿上衣服，从屋里走到花园中。草坪早已经干枯冻死了，苍白的月光下，阴影摇曳不定。狂怒的北风在树林里穿梭吼叫，暗沉的乌云滚滚涌来，我时而顺风，时而逆风，一边踱步，一边感受着风带来的刺骨的寒冷与力量，它使我的思绪更加清晰与澎湃。

没错，我想我必须和巴图林诺的生活说再见了。尽管不舍，我也要告别这样的生活。和托尔斯泰不同，我并不认为是自己亏欠了普通群众才选择离去的；和父亲也不同，我并不想离开之后卷入任何纠纷中。我只想去寻找我的美好生活，用自己的笔，用自己的能力。然而，我应该要选择什么样的职业来达成这种生活，这才是我当前急需考虑的。

天空上的月亮变得更加苍白，渐渐地模糊起来。狂风裹挟着冰雪的寒意狠狠刮来，好像要吞噬一切，我不得不回到屋子里。这时，火炉里的火已经燃尽了，灯座里的油也已经烧光了，空气中到处弥漫着煤油味。我走到写字桌前面坐下，仍然沉溺在凌乱无章的思绪里。好久之后，我借着摇曳的烛光，拿起笔给格奥尔基哥哥写了一封信。在信里我告诉他，自己会马上到奥勒尔市的《呼声报》求职。

我决心说到做到，不再迟疑。第二天，我就向家人表达了心意。尽管父亲、母亲和奥莉雅舍不得我，但也知道这是一个正确的决定。我还记得那是一个大雪纷飞的早晨，我刚吃完在家里的最后一顿早餐，就听到了马拉着雪橇发出的铃铛声。我披上父亲给的毛皮大衣，坐上雪橇。全家人都站在纷飞的大雪里为我送行。

之后的一切就像一场梦：漫长而沉默的道路在大雪纷飞的世界延伸，眼前全是飞舞的雪花。我被包围在马儿的臭味、皮毛的潮湿味，还有马车夫身上的烟草味里，晃晃悠悠地前进。好像没过多久，防雪栅栏与电线杆就闯进了眼帘，那一刻，我知道自己的乡间生活彻底结束了。

我让马车夫将毛皮大衣带回去给父亲并报平安，然后怀着一种不知何时归家的沉重心情，走进了一节塞满旅客的三等车厢。车厢里面弥漫着生铁与白桦树混合的味道，有些旅客已经进入了梦乡，有些则自顾自地吃喝，还有些不停地向铁炉里加柴火，仿佛那是个很好的消遣方式。我对这种冷漠和淡然的气氛感到有些不适应，就在靠近铁炉的位置悄悄坐下。车外大片的雪花还在不断地落下，一整天都像黄昏似的昏暗。

我踏上那节车厢时，思绪万千，仿佛预见了一段不同寻常的旅程。我感觉看到了自己的未来，有时候，我会沉浸在无尽的幸福之中，感受到生命的美好，有时候，我又会深陷于极度的痛苦，不得不放手一些珍贵的东西。我不知道自己为什么会套用一些理性的规律，会相信我的未来就是这样起起伏伏，和别人没有什么两样。但我就是相信。列车会将我带向何方，我不知道。我的头脑里闪过各种各样关于未来的画面，这一切似乎都与我息息相关，又好像只是一场别人的庸俗戏剧。尽管在他人眼中，这样的旅程可能是在虚度人生，甚至在我家人的眼中，这一切可能都是徒劳无益的。然而，我对于这段旅程充满了信心。在我刚刚踏上旅程之际，我已深信自己将收获人生中最为珍贵的财富。

现在回想起来，在那之后，我的确走过了一段与众不同的日子。很难评说那段日子究竟是痛苦难忍还是幸福无比，总之，我不得不忍受长年累月到处奔波、没有固定居所的生活。但无论如何，这样的日子，十分适合我。

第四章

外面的世界

改变主意

火车刚启动时，我的心里满是离别的愁绪。家里的一切不断地在脑海里浮现，我仿佛看到了我的房间，此时它已经变得空荡荡的了，每一件物品都在沉寂着。当然，愁绪里也夹带着一丝愉悦，一丝终于把梦想变成现实的愉悦。而每到达一个新的站点，这种愉悦就更加强烈一分。

此时的我已经渐渐地适应了车厢内的环境。事实上，车厢并没有我第一印象里感觉的那么糟糕：它其实是全新的、干净的，周围飘散的烟叶味很微妙地创造出一种温暖、和谐的氛围。火车开得飞快，电线在车窗外面不断地涌动着，像波浪一样。四周一片白雪皑皑，分不清哪里是树林，哪里是田野。时不时，火车会在一些僻静、冷清的小站停下，在这个空闲里，你可以听到机车的吼叫声，看到安宁的站台、铁轨，还有安闲觅食的母鸡。

黄昏即将到来时，火车终于到达了旅途中的第一个大站。我们远远地就透过车窗看到了那万家灯火的建筑群和人山人海的站台。我跟随着人群下了车，找到一家灯火通明的小饭店坐下吃了晚饭。接着又回到了车厢里，挑选了一个靠窗的位子坐下。没过多久，火车又再一次轰鸣起来，而下一个大站，就是我的目的地奥勒尔。

从地图上看，奥勒尔北边可以到达彼得堡和莫斯科，南边可以到达哈尔科夫和库尔斯克，是一个很大的交通枢纽。但除此之外，我对于这个城市算得上是一无所知。一阵寒风穿过窗户的缝隙灌进我脖子里。忽然，我心里好像有个声音问道："你真的要去奥勒尔吗？真的打算将你的未来交给那座城市吗？"的确，坦白说，奥勒尔有《呼声报》，有吸引我的编辑部和印刷厂，但我对它并没有产生像对彼得堡、莫斯科那样的某种特别的情绪。"是不是应该在那儿换乘，去我觉得真正应该去的地方呢？"我问自己，但随后立即否定了。"不，那样不切实际，这次的目的是求职。我必须到奥勒尔去，了解《呼声报》的情况。"

然而，理智的声音最后输给了我的突发奇想。当我到达奥勒尔的时候，正好有一班即将前往哈尔科夫的火车也进了站。这是一列十分奢华的快车，车上只设置了头等车厢和二等车厢，每一扇车窗都悬挂着毛呢材质的窗帘，就连灯罩都是丝绸做的。从外面看进去，车厢里干净温暖，十分舒适。"为什么不去与格奥尔基哥哥见个面呢？顺便听听他的意见。"我心里这样想着，便迈开腿走进了车厢。

当然，对于我来说，哈尔科夫也是一个崭新的城市。但它和奥勒尔是不一样的，第一，格奥尔基哥哥在那里工作，我将对格奥尔基哥哥的钦佩与喜爱之情也延展到了它身上；第二，它是一个南方城市，

这听起来就让人感觉到迷人与温暖。

列车进站之后，我发现和我预想的一样——哈尔科夫不仅阳光充足，就连空气都好像要比家乡里的柔和一些。走出车站，我叫了一辆专门搭载乘客的小雪橇，它套着两匹马儿，还有响亮悦耳的铃铛声，十分讨人喜欢。马车夫们也姿态优雅，互相之间都用"您"来称呼，看起来非常有礼貌。

在去往格奥尔基哥哥家的路上，我全神贯注地欣赏着四周的景色，发现这里的一切都有着春天一般的柔软、美丽，就连那一片洁白的积雪，都明亮而不刺眼，让人感觉很舒服，让我产生了一辈子都想要住在这里的想法。因为云朵比较厚，天空中看不到太阳，不过光线却意外的非常充足。大街上非常明亮，有一种温暖从云层传来，均匀地洒落在人们身上，给人一种就算闭上眼睛，眼前一片黑暗，也能感受到希望的感觉。在这种气氛之下，不论是马车夫的言谈举止，还是双套马车的铃铛声，都让我觉得非常舒心。就连火车站飘来的煤炭的味道，还有广场上传来叫卖面包圈和瓜子的声音都显得分外温柔。而妇女们卖油脂的吆喝声，则可以算得上是娇媚温柔的吟唱了。雪橇在大道上飞驰，天上的云朵都很灵动，像是小鱼在潮湿的天空里游来游去。一排排白杨树高耸入云，路边的积雪已经悄悄地融化，春天好像真的就要来了。

这是我到达哈尔科夫的第一天，这天的经历和我之后做到的许多事情相比，当然都不值一提，但对于我来说，第一天同样是一段珍贵的记忆。因为在此之前，在我的人生里，从来没有哪一天，像这天一样带给我如此多新鲜的感受。每个人到达新地方的第一天，都会有很多的奇遇。这些奇遇刺激着我们的情绪，改变着我们的想法，决定着我们会成为一个过客还是会留在这里。

哥哥的生活

我完全没有想过自己会是在这样一个地方找到格奥尔基哥哥的。一条通往山脚的狭窄小路上，一个石头堆砌成的院子。院子不大，并且非常肮脏，弥漫着煤炭与犹太人饭菜的气味。

格奥尔基哥哥热情地亲吻了我，我可以从他的眼睛里感受到他惊喜的心情。"你居然会跑到这儿来看我，这可真是太好啦！"格奥尔基哥哥说。我端详着他，他变了，与在巴图林诺的时候迥然不同，虽然脸上挂着欢乐的笑容，可我却明显地感受到了他对我没有以前那般亲热了。

"说实话，你到底为什么来呢？"格奥尔基哥哥说。这是他在家里常常使用的，带着些嘲弄的语气，可是现在听起来却非常不自然。

我来到这里确实没有经过深思熟虑，只好吞吞吐吐地说道："就连我自己也不知道为什么……"

我想与格奥尔基哥哥说说《呼声报》的事情，说说奥勒尔这个城市，说说我到底应该怎么选择。可还没等我组织好语言，格奥尔基哥哥就打断了我，说："看来我们需要找个时间好好谈谈你的事情。"紧接着，他开始催着我梳洗打扮，说要带我去吃饭，见见他的朋友们。

格奥尔基哥哥带我去的是一位名叫利索夫斯基的波兰先生开的地下小餐馆，他说，他在地方自治会统计科的同事差不多都是在这里吃午饭的。坦白说，我觉得小餐馆非常有趣。餐馆的窗户半露在街面上，像春天那样可爱的阳光从顶部愉快地照进来，街上路人的脚尽收眼底。它们来去匆匆，各式各样，让人忍不住猜测它们的主人是什么模样，在这座城市里面从事着什么样的工作。而吃的方面，无论是在柜台上放着的物美价廉的冷盘，还是像火一样非常烫手却又非常美味的酥皮肉包子，都是令人惊讶的美食，让我一下子就爱上了这里。

我与格奥尔基哥哥刚在一张单独的大桌子旁边坐下，就有很多人围了过来，和我们坐在一起，从他们的招呼我了解到这些人都是格奥尔基哥哥的同事与朋友。格奥尔基哥哥急忙把我介绍给他们认识，看得出来他挺开心的，还有些自豪，于是我也高兴起来。

当热气腾腾的红菜汤端上来的时候，哥哥与朋友们已经开始高谈阔论了。我对于他们讨论的话题并不熟知，他们会谈论著名的统计员安年斯基，也会讨论伏尔加河的省长，甚至谈到了即将要在莫斯科举办的全国医师大会。但因为他们说得非常有意思，我听得饶有趣味。不难想象，我在这些人里面显得那么与众不同，我朝气蓬勃，年轻体壮，有乡下人一般黝黑的皮肤；性格过于忠厚，不论是听别人讲话还是观察事物都心神专注、津津有味，看上去还冒着几分傻气。同时我也发现了，虽然与大家很亲近，可是格奥尔基哥哥和他们也是不一样的。他相貌清秀，言语纯真，在人群里就像是一股清流。

这样的一群人，无论是外表还是其他方面，一定都有着优秀的一面，但我也并不是认同每一个人的。例如，其中有一个人，体形修长，有些近视，并且还经常驼着背。他不仅喜欢将一只手插在裤兜里，还喜欢摇晃二郎腿，显得整个人不修边幅；另一个头发黄黄的人，面容消瘦，老是用那根骨瘦如柴的食指弹烟灰。他非常爱说话，虽然说得非常热烈，带有煽动性，可是我就是不喜欢；还有一个人，脸上经常带着嘲讽式的冷笑，还总是用两根手指将一个白包子放在桌布上面滚来滚去，这也让我感到不舒服。

　　当然，我喜欢的人也是有的。例如，波兰人甘斯基，他有着一双深沉而又忧郁的眼睛，但因为不停地抽烟，嘴唇干裂得很严重；还有克拉斯诺波尔斯基，他身材高大，长了一头蓬松的秀发，好像插画上面的基督教徒；大胡子列昂托维奇年纪与名气都比较大，他沉着冷静，温和明理，人还非常厚道；还有我最喜欢的瓦津，他是农民出身，身材魁梧，牙齿亮白，经常哈哈大笑，一副很快乐的样子。后来我才知道，这个家伙做统计成瘾，在他眼里，除了统计学以外，其他学科都是没有必要存在的。

　　这一年的整个冬天，我都是与这些人一起度过的。当然，那时候的我根本没想到，在之后的很多个冬天，我依旧还会和他们一起度过。

群体活动

我在哈尔科夫的生活就这样拉开了帷幕。每个清晨,在格奥尔基哥哥上班之后,我都会到公共图书馆待上一会儿,接着到街上去散步,一边走一边思考着阅读过的文字。最后,再回到利索夫斯基先生的小餐馆里,吃饭聊天。有时候,格奥尔基哥哥会从机关里给我带回来一些统计的工作,让我学习。偶尔,也会在空闲时带我拜访朋友。

我加入了格奥尔基哥哥朋友的群体,是的,我和他们是有许多格格不入的地方,可是不加入他们,我又可以去哪里呢?每个群体我肯定都会有认同与不认同的地方,而这个群体,至少总体来说,我是喜欢的。我们都是年轻人,有梦想,有青春,充满活力与朝气,好像全世界都是我们的。每天早晨,我们都要聚在一起吃早餐,边喝茶边讨论着国家大事;晚上,我们也会聚在一起,谈天论地、举办舞会与朗诵会。我们常常去甘斯基家里,他家境富有,可以为我们提供舒适与自由的空间;偶尔我们也会去什科列维奇家里,她大方美丽,善于社交,很多明星都是她的贵客。

群体中的人多少都有过奇特的经历。他们在学校读书时就有丰富的阅历,有的是学校社团的干部,有的创办了活动小组,还有的参加了各种各样的工作。并且这么多年来,不论是被监禁还是驱逐,他们都从来没有动摇过心中的信念,也坚信自己是在为荣誉与自由而奋斗。他们否定俄罗斯的历史与现状,因为这样,他们愿意牺牲自己,去创造更美好的未来。他们对这所有的一切有个简单的标准：符合大多数人民利益的东西，那就是好的，值得用生命去守护；破坏大多数人民利益的东西，那就是坏的，需要改革与破除。

这样的信念与勇气值得敬佩，可我也有许多质疑的意见。我做事情非常冲动，遇到不认同的人或事总会一股脑儿地说出来，还好他们都十分欣赏和喜爱我，不但没有觉得我在无理取闹，反而都说我很可爱。

我最不认同的是他们对于文学的观点。他们只让男孩和女孩们读政治经济学，对于其他类别的书一概不屑；他们蔑视契诃夫，因为他的作品没有反映眼下的政治问题；他们也不喜欢托尔斯泰，因为他的庄园里面有骨瘦如柴的农民。对于这些，我心里有一种深深的恐惧，我觉得，若是文学都不能自由，那还有什么事情可以自由地去做呢？作为一个作家，难道我就只能写些平民百姓的故事吗？难道世界上就只有这样一种生活吗？这是不公平的。

在瓦津妻子举办的一次朗读会上，我终于表现出了没有办法忍受的态度。那次朗读会最初的目的，是为了欢迎一位老战士的到来，这位胖胖的长着络腮胡子的老人，年轻的时候曾经是个了不起的人物。他曾进过几次监狱，也曾经越狱成功。他虽然屡战屡败，但多年来一直为自己的理想与信仰努力着。老人为了朗读会准备了发言稿，许多人为他鼓掌，我却觉得兴致索然。女主人看出了我的不舒服，提醒我要注意，我却更加不耐烦，惹得她非常生气。之后，她带领着大家唱起歌来。我欣赏他们的活力，但也有我不能理解的地方。

坦白说，我也有自己的革新精神，或许不是那么深刻，但它确实存在着。我只是在文学方面与他们格格不入。所以，参与集体活动的时候，我会努力避免谈论这个话题。

在群体中那么多的成员里，我最喜欢去拜访甘斯基。他是一位非常优秀的音乐家，在他心情好的时候，会连续几个黄昏给我们弹奏乐曲。在他家里，我第一次走进了音乐的奇妙世界。在我看来，这个世界是高尚无比的，使人甜蜜又使人苦恼，和诗歌给人的感觉相同。甘斯基本人也非常有个性，大多数时候，他是沉着冷静的，可是一旦坐到钢琴前面，他身上便散发出一股紧张又热烈的激情。他的演奏，时而优雅、平稳、响亮，时而欢乐、神秘、新奇，时而又惊悚、恐怖，令人害怕。婉转、悠扬的乐曲里有着神秘的力量，能使人出现幻觉，而在这幻觉里面，我感到自己无所不能，让人有着莫名的幸福感。

甘斯基曾经对我们说过，他很小的时候就参观了位于萨尔斯堡的莫扎特故居。在那儿，他看见了莫扎特那台老式的小钢琴，钢琴旁边还放有一只装着莫扎特颅骨的玻璃罩子。我十分震惊，因为他在那么小的年纪就有了这样难得的见闻。因此，我又为自己感到痛苦，痛恨自己的无所作为和平庸。我真的想立即出发回家，快速地拿起纸笔，写出一部不同凡响的作品，一鸣惊人。那样我就可以变成一位著名的作家，到萨尔斯堡，到任何一个我想去的地方。

回想起来，与当年许多年轻人不同，我的抱负一直都是最初的文学梦想，从未动摇过。我感谢自己听从了内心的声音，一路坚持下来。许多年以后，我真的去了萨尔斯堡，看到了那宝贵的小钢琴。那一刻，我想向它致谢，给它一个深深的吻。

旅游

从哈尔科夫继续向南走，就可以到达克里米亚。我从小就对克里米亚有着特殊的感情，这大概和几十年前在这里发生的战争有关吧。我的父亲与叔叔都参加了那次的战争，叔叔在战场上牺牲了。在我的印象里，叔叔是一个俊朗的上校。他不光富有，而且还非常优秀。在我们家里，他永远是一个传奇式的英雄。

正因为这种感情，我一直都对克里米亚十分向往。在哈尔科夫度过了冬天之后，我得到了一个免票的机会，便乘着火车向克里米亚出发了。

我乘坐的是一辆夜间的邮政车，从出生以来，我还没有坐过那么狭小和不干净的车厢。原本这趟列车就已经严重超载了，在哈尔科夫站台又涌入了一大群人。这些百姓都是背井离乡去南边找工作的。他们之中的大多数背着袋子与背包，背包上面捆着树皮做的鞋子与裹脚布，甚至还有一些非常难闻的食物。列车开动的时候，车厢里已经飘满了熟鸡蛋与石斑鱼的味道。一想到我要在这列车上待上一天两夜，就忍不住觉得无奈。

父亲常常与我谈起他在克里米亚时的情景，说是在那靠近海边的山上，长着像雪花一样的小白花，他与战友经常去采摘这些可爱的小花。列车飞驰时，我一直在想着那光秃秃的石头与生长在它们之间的小花，在脑海里勾画着克里米亚的样子。

第一个清晨到来的时候，火车开进了草原上的第一个车站。这时，天色已经大亮，粉红色的朝霞从遥远的东方燃起，空气清新无比。这种景象，只有在初春黎明的草原上才能看到。虽然车厢里东倒西歪地躺着很多人，角落里滴满了蜡烛的痕迹，但我仍然感觉到清爽宜人，似乎有一首美妙的曲子在心头荡开。一片寂静中，我听见云雀畅快而又甜蜜的歌声，它们仿佛在集体欢迎着春天的到来。

草原是平坦又无边无际的，在这草原中却耸立着一座占地宽阔的古墓。它的轮廓明显柔和，看上去非常古老，却又使人有熟悉、亲切的感觉。

"你看，原来以前的人是这样安葬的。"坐在我旁边的老人说道。他头上戴着牛皮帽，弓着腰，大口地吸着烟斗。他脸上的褶皱很多，但脸色却很红润；眼睛也一样，虽然浮肿并且充满血丝，却光彩闪耀。"这样安葬自己的家人是为了子孙能找到墓地，方便后人悼念吧。"他又说。

我点了点头，表示赞同。他沉默了一会儿，再次说道："亲爱的，你要知道，在这世界上的人形形色色，有好人也会有坏人，但是，我们是不能简单地去定义好与坏的。有时候，即使是全世界都憎恨的大恶人也有仁慈的一面，然而我们总是习惯于用自己的利益来判断别人的好坏。"说完，老人像是陷入了自己的思绪里，我静静地看着窗外，没有打扰他。

第二天的黎明更是让人惊喜，这里仿佛已经迎来了一个洁净的夏天。我看到很多绽开着的小花，花上还沾满了早晨的露珠，看上去清澈透亮、漂亮至极。列车暂停在一个被盛开的玫瑰花包围着的白色小车站里，清爽的花香感染了每一个人。远处的小悬崖一面长着郁郁葱葱的树木，另一面则布满了花草。悬崖虽然险峻，但也充满生机与活力。这是一幅多么美好的画面啊，以至于我觉得火车开动的时候都与平常不一样了。它呜呜呜地叫着，无比洪亮好像欢快得不得了，又有些受宠若惊的样子。火车一路向前开去，来到一片广阔、苍绿的山岗前。这些山岗就像是忽然出现的，让人措手不及地迎接满眼的绿色。山岗的后面，是无边无际的大草原；再远处，是一片深蓝色、几乎接近于黑色的烟雾，神秘的同时又是如此美丽。

我在一个叫塞瓦斯托波尔的地方下了车，因为父亲曾经就是在这里度过他的青年岁月的。在我眼里，这个城市与其他热带城市相差无几，它不但充满了柔和的空气，还非常美丽，就连车站前面的铁轨都在闪闪发光，仿佛在向人们表达着自己的热情。经过长途跋涉，我已经又饿又累，几乎无法站立。我摇摇晃晃地走进头等车候车室，打算饱餐一顿。候车室明亮、宽敞，大餐厅十分整洁、安静，井然地摆放着雪白的餐桌、漂亮的花瓶与亮闪闪的烛台。我要了一些面包与咖啡，服务员斜着眼睛瞟了我一眼，我知道自己当时的样子实在是狼狈，也不与他计较。窗外的风一阵阵地吹进来，清爽而寂静。

塞瓦斯托波尔在很久以前就被改造了，父亲与叔叔生活的痕迹被一扫而空。在这里已经没有他们描述的那些食品箱、勤务兵以及宽敞的公家住宅，也没有我想象中战争的痕迹，只有重建的房子和宽阔的大街。

我花了一整天的时间仔细游览了这座城市，它的街道两边都种植着南方特有的合欢树，华丽的烟草店人潮汹涌。广场上面有杰出的海军统帅纳西莫夫的雕像。广场附近有一条通往码头的石阶，长长的阶梯一直延伸到碧蓝的海水中。海面上停泊着一些装甲军舰——只有它们，才显现出一丝从前的痕迹。我有些悲伤，那些逝去的美丽还有谁会记得呢？眼下，人们恐怕只会沉溺在和平的美好中吧。

晚上，我选了一个相对便宜的郊区旅馆住下。第二天一大早，我就离开了塞瓦斯托波尔，到巴拉克拉瓦去。那是一个高山连绵不断的地方，或远或近，或紫或灰，一个又一个相连着的山顶，像是叠在一起的面包块，非常诱人。白色的公路一直延伸到看不见尽头的地方，不远处则是光溜溜的灰色山谷。

我在一个全是石子的峡谷之间坐下休息，远方有一个牧童，静静地站在羊群旁边，正在狼吞虎咽。羊群呈现出灰蒙蒙的色彩，像一片鹅卵石一样。我走到牧童的面前，他友好地笑了笑，那双黑眼睛立即闪耀起来，面孔也分外生动。

快到傍晚时，我来到了一个驿站，当看守人知道我并不雇马后，便不让我进入，我只能在驿站外面的台阶上过夜。寂静的夜晚，可以听到大海在咆哮，声音像来自黑暗深幽的地狱的大怪兽发出来的一样，震撼人心的同时又使人后背发凉。海浪送来一股冷风，带着海洋的芬芳与浓厚的雾气笼罩了我全身。

意外消息

　　外出旅行的时候，你经常会忍不住担心，家里有没有什么特别的事情发生，或是有没有人来拜访过自己，又或是有没有特别的消息或信件。但结果永远是：没有。既没有任何事情发生，也没有任何重要的信件到来，你并没有自己想象中那么重要。

　　然而这次旅行回来则有些不同，我一眼就看出了格奥尔基哥哥的坐立不安。起初，他告诉我，父亲把巴图林诺的庄园卖了，给我们寄来了一笔钱，但同时也在来信里表露出了深深的伤心和后悔，觉得自己似乎做了一个错误的决定。我听了自然非常苦恼，因为这意味着我记忆中快乐的生活真的结束了。虽然现在我与格奥尔基哥哥都生活得不错，可卖掉庄园，只会让父亲、母亲还有奥莉雅妹妹的生活越来越拮据，他们甚至不得不为一日三餐而奔波。而我无论如何也不能接受父亲在这个年纪还需要外出谋生，更不能若无其事地看着亲人们陷入悲伤中。我想安慰父亲，想像以前一样扑上去亲吻他的手，但我最终能做到的，只有强忍着眼中要涌出的泪水，以防格奥尔基哥哥看了更加难受。这个消息对我来说打击巨大，后来得知父亲并没有把庄园卖掉，只是出售了土地，我才恢复过来。

　　而格奥尔基哥哥要说的第二个消息，则更加让我意外——他告诉我，他早就已经私下结婚了。"之前之所以隐瞒，是因为我有苦衷，就算到现在，我也不愿意让父亲、母亲知道这件事情。"格奥尔基哥哥脸上泛着红晕，有些尴尬地说。他告诉我，隐瞒的原因是他的妻子在遇到他之前曾有一段婚姻，还有孩子。

据格奥尔基哥哥告诉我的，我那位从未见过面的嫂子出身于一个非常有名望的大家族，但她并没有像其他的贵族少女一样诸事不知，而是全心全意地投入为人民斗争的活动中。她的第一任丈夫，最初也是一位立志为人民斗争的人，却在利用她成为有钱人之后放弃了自己的理想。这让她觉得很失望，甚至感到罪恶。她不能容忍许多贫困人民还在温饱线上挣扎的时候，自己过着这样奢华、幸福的生活。

我一时间有些接受不了，不仅为格奥尔基哥哥隐瞒事实而感到难堪，对嫂子也没有好感。但为了照顾格奥尔基哥哥的情绪，我还是依从了格奥尔基哥哥，换上衣服随他去见了那位女士。

出人意料的是，嫂子并不如我想象那般自以为是与天真。我刚走进她居住的饭店房间时，她便迅速地站起来欢迎我，给了我一个热烈的拥抱。从她真诚朴实的待人方式中，可以感受到她高贵的出身与她曾受过的良好教育。更难能可贵的是，她还有一颗善良的心灵。在她的身上，有一种淳朴的、大方的美。她知性优雅的声音，就像她清澈明亮的灰眼珠一样，极富吸引力。只是她虽然经常微笑着，但并不难看出她脸上时隐时现的忧虑。

我答应格奥尔基哥哥帮他保守这个秘密，并且诚心诚意地祝福他。同时我也意识到了，格奥尔基哥哥已经拥有了自己的生活，他生活的重心不再是我们这些亲人了。我又感觉自己成了孤孤单单的一个人，虽然四周是一片温暖的春光，我却感觉到难过与忧愁。我安慰自己，这是一件好事，这样一来，我就真正的自由了，可以无牵无挂地去任何自己想去的地方，做任何自己想做的事了。

入职

我决定先回家待一段时间，现在的巴图林诺正处于美好的夏日时光。我可以休息，也可以工作。我有很多美好的计划，也有很多了不起的梦想，我对自己的未来充满信心。当然，若是你现在问我，我会说，不能太过于相信自己的直觉，把所有的一切都交给命运，那是非常危险的。

回家必须经过奥勒尔，我觉得应该把之前没有做的事情完成了再回去，也好给父亲和母亲一个交代。于是，我在奥勒尔做了短暂的停留，打算在游玩之余，想办法打听编辑部和印刷厂是怎么运作的。

这次旅程我没有搭乘火车，而是选择了搭乘轮船。因为总是躺在温度很高的甲板上，所以这趟旅途根本谈不上舒适。无论是轮船烟囱里面冒出来的滚滚热气，还是闪闪发光的海面上升腾的蒸气，都让我感到不舒服。因为这样，一到奥勒尔，我便吩咐马车夫带我去最好的旅馆，好好休整一番。这是一家公立的老旅馆，有着悠久的历史，在当地很有声望，我对它的环境非常满意。一觉醒来正是黄昏，透过窗户还可以看到星辰布满天空，灯火逐渐亮起。还有那悠扬的小提琴声，隐隐约约地随风传来。不知道你有没有过这样的体会，当你独自处在一个陌生的城市时，总能察觉到一些特别的情绪，它们捉摸不透，却能让你愉悦畅快，兴奋无比。我当时就有这样的感觉。然而，当夜晚来临后，坐在房间的小阳台上，看着树下亮着的路灯，葱郁的树木静静投下斑驳的树影，以及来来往往边抽烟边谈笑的路人，我心底悄无声息地寂寞起来。

奥勒尔的早晨就已经很热了，大街上空无一人，就连树木也没有，光溜溜的，没有一丝生气。这时去《呼声报》的编辑部拜访还太早了，对于别人来说不太礼貌，因此我决定自己先去逛逛。

我先顺着大道往下走，在跨过一座桥之后，来到了一个比较热闹的街道。这里有很多旧仓库集市，也有很多化学杂货铺，甚至还有从外国进口的货物。或许是为了呼应这种看上去繁荣昌盛的景象，阳光也开始猛烈起来。突然间，周围教堂的钟声都响起来了。钟声庄严又厚重，给人一种非常舒服的感觉。我在钟声里跨过了一道桥，登上了一座山，看到了政府机关所在的地方。那是一座古老的建筑物，坐落在一个巨大的长方形广场后边。广场四周都种满了树木，在这座城市里显得十分特别，我欢喜起来。

我在路边向一位路人询问了《呼声报》编辑部的地址，发现就在不远处。加上时间正好合适，我便走了过去。

编辑部并没有我想象中那么豪华，甚至还有一些土气。政府的广场后边有着许许多多的花园，以至于花园门连成了一片，而编辑部就隐藏在这条安谧的花园街里。那是一座长方形的灰色房子，门虚掩着。我走上前，握住门铃的把手摇了摇。铃声好像在很远的地方响起，但仿佛没有引起任何人的注意。房子像是空了许多年一样，周围没有一点儿人声。阳光任意地洒在花园里，这一切都显得平静、和谐。

我犹豫了一下，鼓足勇气又拉了一次门铃，这次里面终于传来了回应。我推开门走进屋里，走过那漫长得好像看不见尽头的过道，来到一个大厅中。大厅非常矮，也非常脏，摆满了印刷机，地上全是沾满油污的碎纸。这时，印刷机全部开动着，竹刷子一上一下有节奏地摆动着，黑色的铅板在或大或小的滚筒下前后移动着，一张张巨大的纸成堆地摞起来。这些纸张的底面依旧是白的，上面却已经印刷好了黑色的文字。我感受着这一切，觉得十分新奇，不论是印刷工与排字工之间的叫嚷声，还是机器的轰鸣声，就连窗户外面微风吹来的黄蜡味和墨香，都让我此生难忘。

"您是要找编辑部吗？"一个人在这吵闹的声音里冲我叫喊道，"您走错啦！这里是印刷厂。喂！来个人带他去一下！"

话音刚落不一会儿，不知道从哪里冒出来一个小家伙。他脑袋圆圆的，头发蓬松茂密，像极了一只小刺猬。

"请随我来！"小刺猬向我挥了挥手说。我激动极了，连忙跟上他的步伐，来到了编辑部的接待室。在这里，一位名叫阿维洛娃的女编辑接待了我。她个子娇小，长得十分可爱。

编辑们邀请我一起喝咖啡，我愉快地同意了。看得出来，他们都对我十分好奇，不停地问这问那。当听到我曾经在彼得堡的知名杂志上面发表过文章的时候，立马对我赞叹不已。我第一次听到这么热烈的称赞，忍不住红了脸，接着，好像自然而然，编辑们便邀请我为《呼声报》撰稿。当时我用了好大的劲儿才压制住想站起来大吼一声的冲动——没想到这么容易就获得了撰稿的资格。我颤颤巍巍地拿起几块饼干，它们在我的嘴里慢慢地融化，香甜松软，真是无比美味。

现在想来，年轻的时候，当天上掉下了馅饼，我大概是迷糊的。我亢奋地对待这一切，好像坠入了蜜罐之中，感觉一切都无比美好，生活自由自在，毫无忧虑。但这并不是良好的态度，它给我带来了数不清的麻烦，剥夺了我很多本该拥有的快乐。

那时候，当我正沉浸在兴奋的心情中时，编辑部的门外忽然响起了说话声。阿维洛娃笑了起来，说："那一定是我的表妹丽卡和她的好朋友奥博莲斯卡娅。"她话音未落，两位年轻的小姐就走了进来。她们都穿着华丽的俄式服装，戴着五彩缤纷的链子，非常迷人。

阿维洛娃把我介绍给了她们俩，两人对我都非常友好。尤其是丽卡，她友好的态度和眼角温柔的光，以及讲话时率直生动的灵气，都让我深深地为之着迷。那天，我在编辑部待到了下午三点才离开。后来我才明白，当时的自己之所以丝毫没有察觉到时光的飞逝，是因为陷入了爱情的泥潭里。

与丽卡的一天

　　阿维洛娃对我真的十分友好，她不但同意我在《呼声报》撰稿，还主动提出给我预支工资。虽然感到有些难为情，可是想到自己目前的经济情况，我还是接受了。这让我第二天一早就有条件去理发店打理了头发，修饰了脸庞。要知道，第一次出现在编辑部时候的我风尘仆仆，因为一路奔波，多少有些狼狈，现在想起来真是有些不好意思。

　　时间同样还早，我需要去街上消磨时间。我先是来到一条叫作波尔霍尔德的大街上，然后又转进了莫斯科大街。莫斯科大街直通车站，十分宽敞，也十分热闹。不过顺着大街往前走，走到凯旋门的附近，便冷清了下来。这里荒无人烟，一副衰败的景象。回到莫斯科大街，再经过一座年久失修的木桥，就到了政府机关。走到这里的时候，教堂的钟声又响了起来。

　　我来到编辑部的时候，里面已经坐满了人。阿维洛娃正端坐在大办公桌前工作，看起来神采奕奕，非常有活力。看到我走进来，她向我微微一笑，之后又专心工作了。我花了很长时间吃好早餐，又与丽卡、奥博莲斯卡娅游览了花园。喝完茶之后，阿维洛娃过来带我参观了房子——事实上，编辑部就是阿维洛娃居住的地方。在卧室里，我看到了一幅奇怪的肖像画，上面画着一个头发蓬松茂密、戴着眼镜的男人。他的肩膀又宽又瘦，眼神阴郁，看起来有些吓人。"这是我去世了的丈夫。"阿维洛娃似乎注意到了我的疑惑，主动解释道。我听完一愣，心中划过一丝惋惜。

这时，丽卡凑上前来，淘气地邀请我们去裁缝店。阿维洛娃需要工作，奥博莲斯卡娅则有自己的事情要做，于是只剩下我一个人陪她去了。当然，我不仅不觉得麻烦，反而十分开心。和丽卡一起走在街上，尽管只是闲逛与絮絮叨叨地聊天，我都感到特别有意思。

从裁缝店回来的路上，丽卡忽然问我："您喜欢屠格涅夫吗？"屠格涅夫的作品大多是反映农奴的生活，我想因为自己是乡下人，丽卡才理所应当地认为我喜欢他吧。我稍微有些迟疑，但还没等我回答，丽卡便爽朗地说道："不管怎样，前面就有一座庄园，与屠格涅夫在《贵族之家》里描写的一模一样，你有兴趣和我一起去看看吗？"

原来是这样，我自然愉快地同意了。在丽卡的带领下，我们来到了近郊的一条小路上，小路的尽头就是她说的那座宅院。宅院早就已经无人居住了，乌鸦在倒塌了一半的烟囱上面安了家。在周围花花绿绿的老式花园的衬托下，这座宅院显得更加颓废了。通过低矮的围墙，越过花园中稀疏的树叶，月光就像精灵之光一样纯洁，我宛如进入了另外一个世界。

离开了宅院，丽卡又让我和她一块儿去露天剧院。这个设立在市立公园的剧院，人气很高，常常人满为患。我不太喜欢这种过于吵闹的场合，但丽卡喜欢，编辑部的人也来了，我就留了下来。当广场的灯光照在地上时，剧院里面的男男女女都骚动了起来，美丽的女士们与英俊的皇家士兵一起跳舞，即使不跳舞的人也会被这种欢乐的气氛所感染，隔空举杯，尽情呐喊。散场之后，大家一起去公园吃夜宵，还有冰镇好的葡萄酒。不时地有熟人过来和编辑部的同事们打招呼，于是我也认识了很多新朋友。这些人大多是非常友好的，只有一位让我感到不舒服。他是一名军官，身材高大，有着一张黝黑的长方形面孔，一双大眼睛总是直愣愣的，脸上还留着浓密的络腮胡子。丽卡不断地与人说笑，常常露出她那洁白漂亮的牙齿，我想，她知道自己是全场的焦点，并且引以为豪。那位军官明显也被她吸引了，起身道别的时候，将她的手握了很久，让我心里醋味翻滚，好像全身都凉透了。

暂别奥勒尔

我是《呼声报》的撰稿人，并不是固定的编辑，长久在这里待下去不太合乎礼节。出于这一原因，几天之后，我决定按照之前的计划，回家看看。

离开奥勒尔的那天，当年的春雷第一次响了起来。我与来送行的阿维洛娃坐在轻便的马车上，耳边是轰隆隆的雷声，让我百感交集。阿维洛娃真的是一个非常真挚的朋友，一路上，她向我诉说着挽留的话语，表示这次分别后，她希望能快点再在奥勒尔看见我。一直到第三次列车启动铃响，她才恋恋不舍地吻了吻我的脸庞，和我告别。我跳进车厢里，列车开动后，我还能看到阿维洛娃站在月台上，朝着我挥手。

在车上，我脑海里不断地涌现着这几天在奥勒尔发生的事情和遇上的人，心潮起伏。回家的路程本来就不长，这次显得更加短暂，好像没过多久，我就听到了列车到站的长鸣声。我看着窗外，熟悉的景色立马进入眼帘，黑夜里那起起伏伏的田野，大片的白桦林，都让我内心涌起了一种归乡的兴奋感。

列车还没停稳，我就大步跨了出去。这时，天空中飘起了细雨，空气中蕴藏着一股原始的新鲜和潮湿的味道，我抑制不住地在站台上跑了起来，快速地穿过车站大厅，来到漆黑的门外。车站外面是一个圆形的场子，场子里面非常脏乱，花园也显得十分破败。在黑暗里，一个乡下人驾着马车朝我驶来。我知道这些马车夫或许在这里守几个星期都等不到一个客人，便高兴地上了车。他非常欢喜，还献媚地说，就算是去天边，也会用尽心力拉我去的。

转眼之间，马车就在大道上奔驰了起来。我们先是经过了一个荒芜的村庄，接着越走越寂静，来到了阴暗荒凉的田野，再之后，是大海一样黑暗的大地。我看着大地，它就像是在夜晚里出没的一只怪物，时不时地在西北方天空的乌云雷电下，张开泛着绿光的嘴。此时已经是四月，风变得柔软无力。吹着这带着雨的风，我的心情异常愉悦。我好像听到一只受了惊吓的鹌鹑不知道在什么地方拍打着翅膀，向周围望去，却只能看到那低矮的天空中，有几颗星星在上面闪烁着。

马车夫一路上一句话都不说，他身上还弥漫着破羊皮大衣和小木屋的味道，这使我觉得有些尴尬。而在我请求他把马车赶得再快一些，却没有得到回应之后，这气氛更加让人难以忍受了。我们遇到了一个陡峭的土坡，他身手敏捷地跳下马，双手紧紧抓住缰绳，十分熟练地稳住了马车。这使我另眼相看，甚至觉得有他在十分安心。

一直到深夜，我们才到达瓦西里耶夫村。周围已经是一片死气沉沉的了，没有一点儿灯火。这时，我的眼睛已经完全熟悉了黑暗，不但看到了进村的那条宽敞的街道、街道两旁的小木屋，还看到了屋子前面没有一片叶子的藤蔓。我感受到马车正在驶过一段下坡路，路过了一个积满雨水的洼地。我的左手边是一座通往对岸的桥，我的右手边则是一条上坡路——通往因为皮萨列弗姐夫的去世而变得冷清的堂姐家。

我让马车夫往上坡路走，决定先去堂姐家借宿一晚，并且看望她。还没到达庄园，我就看到一束灯光从花园里的松树间照了出来。太好啦！他们都还没睡。马车在屋子前的台阶旁停下。我下车推开门，屋子里的人愣了愣，赶忙都奔过来上下打量着我，满脸笑容。让我感到又温暖又害羞，简直就像是一个小孩儿一样。

第二天，天空还下着大雨，但我仍骑着马离开了瓦西里耶夫村，前往巴图林诺。我心情愉快地经过了新翻的土地，看到农夫们在辛勤地劳作。一个农夫把裤腿挽起，光着脚、扶着犁向前走。他一下子左，一下子右，两只脚在松软的泥土里时隐时现。牛用尽力气弓起背，在田地里犁出一条很大的沟。一只青色的白嘴鸦跟在牛的后面摇头摆尾，不时地从垄沟里啄出蚯蚓来吃。一位戴帽子的老人跟在它的后面，一手挎着篮子，一手在播种。他的动作非常豪迈，右手臂甩开，步伐均匀，在田地里画出一个个规矩的半圆。

家人们看到我都非常欢喜，给我最大的触动是奥莉雅妹妹的喜悦。她一看到我，便十分欢快地朝我奔来，快乐洋溢在她那年轻动人的脸庞上，让我感到受宠若惊。更加让我意外的是，她为了迎接我，还换上了新的连衣裙，显得那样美丽动人。

家里的房屋仍旧是那么古朴，有一种大方的美。我的房间还是和我走的时候一模一样，不但所有东西都放在原处，甚至连当时放在铁烛台上燃烧了一半的蜡烛都还在那里，仿佛我从来没有离开过。房间虽然还是有一些阴暗，但透过窗户就可以看到熟悉的天空和树木。天空是湛蓝色的，树木嫩绿的枝丫上落满了雨滴，使人舒心。

改变

自从回到了巴图林诺，我住在家里的时间几乎没有超过三天，而是到朋友们家里轮流做客。因为需要处理银行的事务，我去了奥勒尔好几次。

有一次，我发现自己错过客车之后，便上了货车的机车。我先是爬上了一个高高的铁踏板，然后再钻进一个简陋又肮脏的车厢里。那里有两个司机在工作，他们身上的油渍像铁一样闪耀，而脸庞和衣服也一样满是油污。我注意到他们的眼白几乎也被染黑了，眼圈就像化了妆一样乌黑乌黑的。他们好像对钻进来蹭车的人早就已经见怪不怪，完全没有理会我。年轻的司机在不停地用铁锹铲着地上的煤。炉门一会儿打开一次，他用力一抛，煤就被送进炉子里，冒出红色的火焰。年长的那一位呢，则是先用一块满是污迹的抹布擦着手指。放下抹布之后，又这里摸摸，那里碰碰，仿佛在仔细检查着什么。突然，一声刺耳的哨声在耳边响起，一团不知道从哪里冒出来的蒸气挡住了我的视线。蒸气飘散四周，列车就像一头凶猛的野兽，气势汹汹地朝前面开去。

我听着那粗犷的声响，感觉四周的一切都在颤抖着，刹那间，时间仿佛就此暂停了。我喜欢这均匀的速度，好像是乘坐了一条火龙在山岗之间穿梭。而当它停下来喘息时，我感受到了夜晚车站的宁静，树木的芳香灌进我的鼻孔，夜莺的歌声飘进我的耳朵，使我迷醉。

在奥勒尔，我开始喜欢上打扮自己。我买了许多衣物，不仅有腰部褶皱十分讲究的黑上衣、斜领的红色毛线针织衫、漂亮高级的长筒靴，还有红色的毛圈、贵族式的遮檐帽和一双价格非常昂贵的骑兵马靴。就像是小时候逛县城一样，回到家里的夜晚，我看着这些宝贝，高兴得难以入睡。

我还到处打听买马的好地方，并且专门去了附近县城的一个村子，参加那里的马市。在马市上，我交到了几个与我同龄的朋友。他们也和我一样，穿着腰部有褶皱的短上衣，戴着贵族遮檐帽。他们是马市的老主顾，在他们的热情引导下，我买到了一匹进口的纯种马。

在编辑部预支的钱像是流水一样花掉，这种行为放在以前，是绝对不会发生在我身上的。我没有特别去留意，也没有去寻找原因。我做事情一向随着自己的喜好，从来不去思考为什么以及它的后果。当然，这是不对的，也不符合我天生的性格。于是很快地，我便陷入了经济窘迫的境地，而丽卡的到来，则加速了这个过程。

丽卡是从奥勒尔过来度假的，她住在位于县城的父亲家里。当我得知这个消息的时候，便按捺不住欢喜之情，飞快地朝车站狂奔，不管当时天色已暗，而且好像随时会下大雨的样子。列车开动不久，大雨果然落下来了，闪电像是一条蓝色的布，把车厢笼罩在亮光里。霎时间，列车轰响声、大雨哗啦声、雷声全都混合在一起，犹如一曲宏伟的交响乐。雨水飞溅起泡沫，洗刷着玻璃，带来了非常清新的气息。

与丽卡的见面就像我期待中的那样开心，离县城不远的河岸上有一座小庄园，住着丽卡的朋友库兹明一家。他常常到丽卡家做客，我们也经常去他的庄园玩。

一天，库兹明在家里举办了一场大型的宴会，邀请我与丽卡一起参加。宴会十分盛大，宾客很多，一直到夜幕降临，庄园里还是张灯结彩，歌声悠长，欢笑与美酒相融。我不知道是被热闹的气氛感染了，还是被酒精影响了，居然鼓起勇气走到丽卡身边，轻轻地握住了她的手。让人感到意外的是，丽卡并没有将她的手收回去。我们牵着手来到花园里，散步，聊天，直到天明。

我们都被生机勃勃的日出景象吸引了，一起来到悬崖边上，俯视着笼罩在金色阳光中的田野。丽卡呆呆地望着远方的红光，唱起了柴可夫斯基的《清晨》。她的歌声婉转动人，唱到高音处却停了下来，脸唰的一下变红了。我看出她是因为没有办法驾驭高音而害羞了，刚想安慰她，她却已经提起裙子往房子的方向跑去。看着她的背影，我好像是失去了什么似的烦恼不快，也只好慢慢地往回走。

路上，我经过一位老人的窗前，那儿种满了密密麻麻的香草，老人在屋内享受着清晨的浓茶，一副逍遥自在的模样。我的走动惊起了一群在丁香花丛中休息的麻雀，老人看过来，皱了皱眉头。我冲他抱歉地笑了笑，越过草丛，向客厅里走去。

丽卡不在阳台，也不在客厅。我疲惫极了，便躺在小沙发上睡着了。不知过了多久，一对年轻人将我摇醒，告诉我丽卡已经离开了，是库兹明送她回的家，并且递给我一张纸条。我心中一愣，接过纸条，只看见上边是丽卡的笔记，写着："你别想再见到我了。"我连忙起身，取来马鞭与遮檐帽，穿过院子，向马棚跑去。骑上马后，我几乎是以疯狂的速度向县城的方向奔驰着，蛐蛐在麦茬与麦捆里歌唱，像是千万只手表在我耳边转动。

这番话不过是丽卡出于羞涩写下的道别的话。其实她并没有生我的气，也根本没有不想再与我见面的想法。因此，当她看到我骑着马飞奔而来的时候，诧异极了，手足无措地捂住胸口。那一刻我知道，我们两个人都无法离开对方了。

为了能和丽卡随时相见，我决定在县城住下。那以后，我们度过了一段快乐的时光。

第五章

回忆丽卡

现实困难

为了能配得上丽卡的优雅与高贵，我住在中学时期父亲来探望我时住的高级旅馆。周而复始，我的欠债越来越多，无论如何都不能再坚持下去了。

我决定让大家都先冷静一段时间，于是我回到家中，内心却根本没有办法安定下来。在家的那几天，我不是埋头大睡，就是不停地走来走去。我不知道自己为什么变成了这个样子，又无法摆脱现状，于是我干脆什么都不说，什么都不做。后来，尼古拉哥哥终于看不下去，来到了我的房间。

"我听说了你的事情，看来你已经长大了。我知道你现在肯定是冷静不下来的，可是以后呢？你有没有想过自己的将来？"尼古拉哥哥连帽子都没有摘下就对我说，"你现在就像寓言故事里的猫，被狐狸牵着跑。"

我沉默了一会儿，回答道："每个人一生中都会被一只狐狸牵着跑，我们都不知道它会将我们带往什么样的地方，可是心里就是想要跟着它。无论什么时候，我都不想违背自己的心意。"

尼古拉哥哥看着脚下的木板，没有说话。雨水打在花园凋敝的树叶上，声音非常清晰。过了好一会儿，他终于惆怅地开口说："算了，你一直都是这样，那就做你自己想要做的事情吧。"

坦白说，我知道尼古拉哥哥的话是对的。继续县城里的那种挥金如土的生活，只能让我在这泥潭里越陷越深。应该怎么做？这个问题的答案，其实一开始就清楚地摆在我的面前。可是每当我下定决心要给丽卡写一封分手信的时候，她的笑容、她浓密的头发和她的裙摆就会在我心中摇曳，使我没有办法下笔。而就在我犹豫不决的时候，信使给我送来了一封信，上面写着："我没有办法忍受没有你的日子，快来见我吧！"在我看到信的那一瞬间，所有的决心便化为了乌有。

紧接着，我开始了家与县城两边跑的日子。我没有办法再支付高级旅馆的房费，而是将我的马与马鞍卖掉，用来支付喧闹广场附近的一家小客栈的房费。唯一奢侈的事情就是不时地去理发店。记得在很多年前，我曾像每个乖巧的孩子那样，坐在店里，等着理发师来给我修剪头发。理发师手中的剪刀咔嚓不断，我努力斜着眼睛看掉下来的头发。那时候，我无忧无虑，开心快乐。

牙医的态度

一天，我一到丽卡家中，便看到她眼含泪水，面色苍白。我拍着她的肩膀，问她发生了什么。她摇摇头说："没什么，我只是担心我的父亲，他辛辛苦苦将我们养大，是我在这个世界上最在乎的人。我真的不愿意伤害他。"

丽卡的父亲是县城有名的牙医，虽然年纪大了，但身体依然健朗。我有些惊讶她为什么会忽然流着眼泪说起他。正当我思考的时候，丽卡的弟弟跑了过来，有些尴尬地对我说："我父亲请您过去一趟。"我注意到丽卡的脸色变得更加难看了，但也没多想，只是安慰地吻了吻她。

丽卡的父亲似乎刚用完早餐，看起来神采奕奕。他一边抽着烟一边对我说："年轻人，其实我早就想与你谈谈了。我想要说什么，你心里应该也能猜到一些，我对你没有任何的偏见，但作为一个父亲，我更看重的是女儿的幸福。所以，来，告诉我吧！你觉得自己是一个什么样的人，往后又打算做些什么呢？"

我觉得害羞又有些紧张，谦逊地说："我现在正在写东西，也打算继续写下去，然后上大学。"

"大学？不错，但之后你要做些什么呢？公务员？社会活动家？"医生问。

"诗人是从来不会从事社会活动的。"我小心地说。和歌德一样，

我认为文学不应该与政治扯上什么关系。

然而，医生惊讶地瞅了我一眼，说道："我想，你恐怕必须得注意一下最近的大事，你要知道，在这种情况下，每一个正直的年轻人都是焦虑不安的。"

我打算解释，并且提到了托尔斯泰的学说，可是医生明显觉得非常无聊，提不起兴趣，终于，他打断我说："能与你交谈，我是挺开心的，但还是直截了当地说吧，我是不会同意你和丽卡在一起的。当然，她有足够的自由可以选择是否要和你生活，可是从我这里，你们可得不到任何祝福。"

他想了想，又说道："说得俗气些，过日子并不是只靠浪漫，我不愿意你们两个一生都在贫苦中度过。再说，你们两个有什么共同的地方呢？丽卡是个好女孩，可是她相当没有定性，说实话，你们两个并不相配。"

从医生的房间里走出来，我一眼就看到了丽卡安静地站在楼梯间。她瘦弱的身子轻轻颤抖着，脸上好像带着时刻准备接受坏消息的表情。我叹了口气，把医生最后的几句话转述给她。她低下头，良久，说道："我不能做和他心意相反的事情，绝对不能。"

医生的态度非常明确，我与丽卡不能在县城继续这样相见了，那时正好是十一月，我也应该回家看看了，于是，我们约定下个月到奥勒尔相见。为了防止医生知道而产生没有必要的麻烦，我们计划好，丽卡十二月一日先去奥勒尔等我，我之后再过去。可到了十二月一日这天，我忽然产生了按捺不住的情绪，忍不住登上了马车，直奔车站。

那是一个月夜，月亮非常低矮，挂在天上一动不动，发出冷淡的光芒，我想，就这样孤零零地挂在天上，它一定会觉得非常寂寞吧。而我呢，我曾经也是这样，现在却像是一个勇猛的骑士，英勇威武，好像这个世界都在我的掌握之中。

一到县城的车站，我就买了一张头等车厢的车票。因为我知道，丽卡一直都坐头等车厢。我还记得自己在站台上飞奔时，整个人都被路灯打上了一道光，宛如小说中描述的追逐爱情的英雄，此刻是独一无二的主角。远处模糊的机车，喘着粗气，像是一个不堪重负的老人，我跳上车厢，走过过道，推开车门，果然看到了丽卡。我感觉仿佛整个车厢里只有她一个人，时间静止了。她安静地坐在角落，默默地看着我，在樱花色窗帘的遮蔽下，显得那么美丽。

隔阂

我与丽卡在奥勒尔度过了整个冬天。丽卡借宿在阿维洛娃家里，我则投宿在一家小旅店里。丽卡给她父亲的理由是要在这里学习音乐，而我呢，自然声称是在《呼声报》工作。刚开始的一段时间，的确是很快乐的，生活好像走上了正轨，我也有了努力的方向，日子也没有那么无聊了，每一天，我们的心情都复杂、微妙得难以形容。

可是渐渐地，我开始感到不安，甚至厌烦起来——这不是我原本设想的未来，我曾经的梦想是做一名著名的作家，而现在呢，只是在一个小小的编辑部里做着没有技术含量的工作。这个念头越发强烈，在我脑海里扎根，深深地折磨着我。我不停地安慰自己，这一切都只是暂时的，以后会好起来的。可是随着时间的流逝，似乎并不是这样。

更让人心灰意冷的是，我和丽卡无论是在价值观上、思想上还是兴趣爱好方面，都大不相同。她喜欢去人多、热闹的地方，最热爱参加的活动就是舞会，可是天知道，我最讨厌的就是这种过于喧哗、浅薄、俗气的地方。

我经常念诗给丽卡听，希望她能了解我的内心，但事实上，她对于诗歌并没有什么感觉。她习惯做的，只是舒服地躺在沙发上，两手托着脸颊看着我，不痛不痒地评论几句。例如"为什么要将歌声比喻成小树林的月光呢？这作者是不是过分地喜欢大自然啊？"她对树林、人家、烟火和风雪，没有一丁点儿的兴趣，对我的小说也不置褒贬，常常表示"行了，干吗老是写天气呢？又不是没有别的可以写了。"

于是我被惹得很生气，这是什么态度？什么叫"过分地喜欢大自然"？什么又叫"老是写天气"？我尝试着辩白，告诉她，我们的一切都在大自然里，就连最细微的空气也和我们生命的运动关系密切。可是她习惯于把我的愤懑当成孩子气，说道："亲爱的，只有蜘蛛才是这样活着的。"若是说得多了，她便会敷衍道："的确很不错，过来坐吧，别念诗了，你看起来总是对我不太满意。"

我也曾经和丽卡讲起我的父母、妹妹，还有童年记忆里最美好的卡缅卡庄园；告诉她我们家曾经有过一段很贫苦的日子，为了生活，甚至需要把金银首饰卖给一位东方的老太太。讲述的时候，我真心希望可以从她那里得到感动的、悲伤的回应，可是每次，她都似乎不放在心上。

除此之外，随着待在奥勒尔的时间越来越长，我感觉到自己越来越不受欢迎。就连阿维洛娃也不知道从什么时候起改变了对我的态度，变得冷漠与疏离。我的生活更加无聊、单一，在寒冷的夜晚，孤寂便像噩梦一样围绕着我，让我心烦。我渴望与丽卡单独待在一起，两人说着知心话，但她的社交活动总是那么多，而且一旦我表现出不满，她便会说："要是我也像你一样远离人群，孤寂地活着，你就开心了。你总是只想着自己，从来没有为我着想过，难道现在还要夺取我的自由吗？"

她的理直气壮让我没有办法反驳，为了不离她越来越远，我强迫自己陪她参加她喜欢的活动。除了舞会，丽卡还对戏剧十分痴迷。不幸的是，我讨厌戏剧。我认为那些演员并不是真正的艺术家，他们总是装腔作势，以此来取悦观众。你看，就连那哈姆雷特的演员，也是戴着弯羽毛的帽子，眼睛被画得紫黑，一副打不起精神的模样。这哪里还是莎士比亚笔下的高雅而忧郁的王子呢？

只要和丽卡一起去看戏剧，散场之后我们便会大吵一次，有时候半夜还在争执。丽卡对我的愤怒非常不理解，她斥责道："好的，就算你说得没有错，用得着发这么大的火吗？你这是无理取闹！"而我，每次被她的话激怒，都会更加大声地咆哮道："我只要一听到那些演员莫名其妙的口音，我就浑身难受！"

我们都感到很疲惫。我曾经试图去做出改变，让她感受到我的快乐，我也尽量去理解她。但事情的发展总是愿望相反，我们两人很难产生共鸣，我只能绝望地看着她和我渐行渐远。

暂 别

那是一个晴朗的早晨，我一走进编辑部，就闻到了一股浓重的烟味。起初我还奇怪，会是什么人在这里抽烟。但很快，我就看到了在烟雾中高谈阔论的医生——丽卡的父亲。

医生看上去还是那么精神矍铄、生活富裕。我有些慌，尽力地强迫自己淡定，然后装作非常惊喜的模样走过去和他打招呼。其实医生是个善良的人，他倒是显得有些尴尬，连忙向我道歉说，自己只是过来暂住一个星期。我心里有些疑惑，印象中的他绝对不是那种无端丢下工作玩乐的人。果然，他喝了一口茶，又说道，自己并不是一个人来的，和他一起的，还有一个叫作博格莫洛夫的年轻皮革商。说着，他将头转向女儿，意味深长地看了一眼。

午餐时，我见到了博格莫洛夫。他家产富裕，人也长得很帅气。虽然他有些胖，但你只要被他那蔚蓝色的眼睛看上一眼，就会被他深深地迷住。他脸庞上有种孩子气的红润，言行举止羞涩得可爱，大家都非常喜欢他。而且，他不仅上过大学，还出过国。他衣服的料子都是从英国进口的，领带和袜子也都是丝绸的，看上去精致得体。我偷偷看了一眼丽卡，她的脸上全是尴尬的神色。我在心里叹了口气，觉得十分疲倦，甚至希望能立即远离这一切。

从那天开始，丽卡就总是待在她的父亲和博格莫洛夫的身旁，我与她单独相处的时间越来越少。她甚至还筹备了一台戏剧，把博格莫洛夫编排了进去，医生则兴致高涨地推荐自己演配角。我自然没有办法开心起来，丽卡向我解释说，她是为了不惹恼父亲，才会这样配合。反正过不了多久，他们就会回家去。我不想显得自己蛮不讲理，便说服自己相信她所说的话，甚至还逼迫自己去观看戏剧的排练，啊，你想象不到他们的演出是多么糟糕。

终于，演出的日子到来了。虽然我对这台戏剧的内容不抱任何期待，却非常期盼它的上演。因为演出完毕，医生与博格莫洛夫就没有继续待下去的理由了。

那天戏剧还没有开幕，我便钻进了后台。不得不说——这景象简直乱七八糟。十几名演员把小小的休息室挤得满满当当，有的在化妆，有的在穿衣服，有的在喊叫，有的在争吵。大家跑来跑去，你撞我，我撞你，仿佛谁也不认识谁一样。他们的服装是那么奇怪，有一个人甚至身穿褐色的燕尾服和淡紫色的长裤，额头上贴着粉色的纸片，脸上因为油彩太多而显得面无表情。我在人群中四处张望，终于找到了丽卡。她穿着非常华丽的老式连衣裙，头上戴着厚厚的淡黄色假发，那张灵气的脸化了厚厚的妆，好像民间木版画上的美人，又像一个洋娃娃。博格莫洛夫扮演的是一位守院子的人，为了看上去显得真实，他化了非常奇特的妆；而医生呢，扮演一位退役的将军。据说这个角色非常重要，因为整个故事就是从他开始的。遗憾的是，正式开演之后，医生忘了他本来应该要说的台词，直到丽卡从后台跑出来，像孩子一样捂住他的眼睛，用轻快的语气说："猜猜我是谁？"他才一本正经地说出台词："放开，你这个小丫头。我怎么可能不知道你是谁？"

舞台上面灯光闪耀，大厅里时明时暗。我虽然坐在第一排，却不能一心一意地投入戏剧中。我一会儿看看舞台上的演员，一会儿看看四周的观众。观众倒是看得十分入迷，视线一直没有从舞台上离开过，神色也随着演员的表演一直在变换。

第一幕还没有结束，我就忍不住起身离开，走到了大街上。街道上冷冷清清，连路灯的光都显得孤寂。我不想回旅店，它冷清得让我害怕。于是，我朝着编辑部走去。积雪在我的脚底下发出咯吱的声响，让我感到非常不舒服。我尽量加快脚步，几乎是小跑着进了编辑部的花园。

戏剧结束后的第一个星期，丽卡就和她的父亲、博格莫洛夫一起走了。她收拾东西的时候一直在哭，我知道那是想要我挽留她的意思。可是我的嘴巴上像是挂了千万斤的重物，就是没有办法开口——我知道我们已经回不去了。

同事们

丽卡走了之后，我并没有选择回到巴图林诺，而是继续留在了《呼声报》编辑部。虽然"为什么我要在这个狭小的旅店里，在这样一个不出名的编辑部里耗尽一辈子"这个问题仍旧困扰着我，可是当时也并没有更好的选择。

或许是看我可怜，阿维洛娃对我的态度又好转了很多，这让我感到安慰。之前，因为丽卡借宿在这里，我总是陪着她多过工作，对其他编辑也没什么关注。而现在，我终于可以好好端详我的同事们了。

社论作家是一个奇怪的人，他看起来呆头呆脑，其实思想深奥。他脸上留着络腮胡，常常穿着一件粗呢的原色大衣，蹬着一双高筒皮靴。皮靴的油擦得足足的，味道十分浓烈，好在并不难闻。社论作家的右手已经被截肢了，因为这样，他习惯用左手写字。每当他没有灵感的时候，就会长时间地坐在沙发上抽烟，而一旦脑子里有了奇妙的想法，就会快速地抓起纸张，笔走龙蛇地书写起来。

外籍评论员是位身材矮小的老者，正常情况下，他一走进屋子就会摘下护耳帽，脱去他那兔皮制作的小外套，在编辑室里，他的装束是法兰绒上衣搭配小灯笼裤，脚上蹬着一双高筒靴，像一个小孩子。他总是戴着一副奇怪的眼镜，浓密的灰白色头发向四周立起，锐利的眼神让人害怕。他的一大爱好是抽烟，他会自己准备两个小箱子，一个装着烟筒，另一个则装着烟丝。他的动作十分熟练，轻轻抓取一小撮淡黄色的烟丝，小心翼翼地将其填充进黄色的卷烟铜管中。随后，缓缓取出纸筒，将卷烟器稳稳地抵在短衫上。最后，将铜管精准地插入纸筒内，轻轻一压，一支精致的卷烟便制作完成。

拼版工人则非常干瘦，他谦卑有礼、衣着整洁、神态自然，有着黑色的头发和橄榄青的面孔。有时候，我会在印刷厂和他交谈几句。他看起来十分善于说话，嗓门不大，但说话的时候却特别有力量。说话时，他常常用深色的眼睛凝视着我，那眼神宛如一口古井，静谧而深邃，令人难以忘怀。

还有校对员，他与每个人都特别熟悉，因为他总是这也不懂那也不懂的，不得不经常跑来我们编辑部。有时候是要求作者解释他校对的文章，有时候是让作者修改。我想他是个酒鬼，因为虽然他每次来都好像已经用力屏住呼吸，可是酒精味依旧飘满了整间屋子。他好像也因为这样而感到不好意思，与人讲话的时候习惯弯着腰，手指也颤颤巍巍的。

我尝试着将心思放在写作上面，也创作出了一些散文作品，大部分都发表在了报纸上面。但这并不是我想要的，我想写一部伟大的作品，可是谁都知道，伟大的作品需要丰富的阅历，而这正好是我所缺少的。

工作的间隙，我时常去图书馆。奥勒尔的图书馆年久失修，藏书虽然十分丰富，却无人问津。门口的地毯破破烂烂的，外面还绑着胶带。馆内的三个大厅都堆满了破烂的书籍，女管理员就在这些书籍里来回走动，她个子矮小，双手苍白干瘦，还带些墨迹，对待人的态度非常平和。每次我都是越过空荡的前厅，登上吱吱呀呀的楼梯，再走上阴冷、寂静的二楼，进入一间圆形的屋子。这个屋子就是图书馆的"读者之家"，里面摆放着一摞摞报纸，充满了一股煤气的味道。我常常遇到一位中学生，他总是低着头，飞快地翻阅着一本大部头的书，不断地用手帕擦拭着鼻子。而除了我们两人，我从来没有看到其他人来图书馆阅读。

从图书馆出来，经常是落日西沉的时候。我喜欢听着四周响起悠扬的钟声，沿着街道散步。天色逐渐变暗，街边老屋的轮廓时隐时现，散发出一种不可言说的美丽。我忍不住困惑，为什么没有作者写过老屋题材的文章呢？远处的街灯亮了，天上的星星暗了，街道上的人影陆陆续续多了起来。我像侦探一样观察着每一个从我身边路过的行人，望着他们的背影，欣赏着他们的服饰，猜测着他们的身份。忽然间，我觉得应该写一部贴近生活的作品，只有那贴近生活的文字，才有价值和意义。

街上的流浪汉太多了，他们常常将双手插进裤子口袋里，全身冷得直哆嗦，双脚冻得发紫。而旁边的猪肉店里灯光闪烁，挂满了各种各样的火腿香肠。我只要身上有零钱，都会递给那些流浪汉。但我不想说生活可怕，因为生活并不真的可怕。世界是公平的，每个人都有选择自己生活的权利。那些说自己没有选择权的人，不过是在找借口罢了，这个道理还是一个年轻的流浪汉告诉我的。他对我说："生活有什么可怕的？你还是太年轻，太天真啦！"

写作

天气还是很冷，我却总在清晨时醒来。这个时候，整个旅店都还在沉睡，推开窗户，灰白色的寒气就会快速地弥漫整个房间。一只鸽子哆哆嗦嗦地缩在窗台上，上面堆积了一层颗粒状的雪。

在我的隔壁，住着一个带着孩子的女人。她一定是曾经历了些什么，脸上总是带着和她年纪不相符的沧桑。这旅店的房间隔音效果并不是很好，每次当我在小桌子前写东西时，就能听到门后传来女人与孩子说话的声音，洗脸池的踏板声、哗啦的流水声也非常清晰。过了没多久，我就对女人一天的行程变得很熟悉了。早上她一般会劝孩子吃面包和喝茶，之后就会外出，一直到中午才回来。一回来，她就会在煤炉上做饭，把孩子喂饱之后再一次出门。而只要当她一外出，孩子就会在旅店里跑来跑去，一会儿看看这个房客在做些什么，一会儿又去拍拍那个房客的门。说实话，他挺可爱的。面对房客们，他总是显得有些害羞，却又努力讨好。可是大家都有自己的事情，并不愿意搭理他。

我房间的另一边，住着一位个子矮小，穿着十分体面的老太太。她非常严肃，并且觉得自己比其他房客都要高出一等。因此，她经过走廊的时候，从来不主动和别人打招呼，也不用正眼看别人。她的身体状况好像并不怎么好，我总能听见她厕所里哗啦啦的流水声。老太太有一只胖得不行的大哈巴狗，它的眼睛是栗色的，凸显出来，鼻子塌塌的，翘起的下巴与主人一样显得傲慢无礼。平日里它只会摆出一副跋扈的嘴脸，每次一听到孩子在走廊里大叫，我就知道那只哈巴狗又在装腔作势地吓人了。

我觉得这些房客们都很有特色，是非常好的写作素材。但一般拿起笔之后，我就沉溺在无边无际的思考中，不知道该从哪里写起。我感到很焦虑，好像自己用尽一切等待着这一刻，结果却被告知世界末日来临，一切都将要毁灭了一样。

有时候我会想起巴图林诺家里的老用人格拉西姆。他是一位盲人，和所有眼睛看不见的人一样，他走路的时候总是将脸微微地向上扬起，仿佛在专心地听别人说话。格拉西姆一个人住在村口的一间小破屋子里，只有一只鹌鹑陪着他。他有一个爱好，那就是在夏天的早晨去地里抓鹌鹑。他曾经和我说过，每当那些鹌鹑蹿进他的网里时，它们的叫声就会越来越大，他的心情也会跟着越来越紧张。这时，暖风轻抚他的脸颊，鸟叫声回荡在田野里，他感觉自己简直像置身于画中。我很羡慕他这种实在的感受力，觉得他就是一位伟大的诗人。

　　纠结了一段时间之后，我决定放弃拿起笔就要写出大作品的想法，而是到街上买了一本漆黑布面的笔记本，打算把那些印象深刻的生活琐事记下来。例如"前天，我曾经沿着大街走了一圈，直到夕阳落下，西边的天空逐渐透明，温度也逐渐降了下来，暮光照耀着整座城市，给人一种委婉、悲伤的感觉。人行道上有一位流浪的乐师在弹奏，他是一个衣衫破烂的老人，脸被冻得发紫，和风琴里拉出的浪漫曲调形成了鲜明的对比。我听着这很有异国风情的旋律，在这个寒风刺骨的黄昏中，一种怅然在心中升起。我想起了我的家，还有院子里的那棵树。"

　　写着这些小事的时候，我的头脑不再混乱和模糊，虽然有些忧愁，心里却是一片光明。或许，这才是我适合写和应该写的东西。

重逢

　　这天，我不太想去编辑部吃饭，便径直来到莫斯科大街上，走进了一家小酒馆。我点了伏特加酒，又要了一条鲜鱼。鲜鱼被做成了砂锅酸白菜炖鱼，味道好极了。我想，这其实也是一件值得被记下来的事情。餐厅又矮又挤，飘散着一股薄饼和煎鱼的味道。服务员穿着白色的衣服，像跳舞一样仰着头穿梭在酒馆里。老板非常精神，站在柜台里，眼睛警惕地看这看那，宛如在监视着每一个人。我看着这幅景象，忽然非常想离开这里，去一个自己从来没有去过的地方，例如斯摩梭斯克或者北方的莫斯科与彼得堡。

　　拿定主意之后，我就去找了阿维洛娃，向她表明了自己的想法。她看上去非常惊讶："为什么？"

　　我说："我只是觉得自己不能再继续这样下去了。"

　　她摇了摇头说："即便去了斯摩梭斯克也不会改变什么的。来，和我好好谈谈，究竟发生了什么事情？"她拉着我在套着斜纹布套的沙发上坐下，说："你是不是很想丽卡？她没有给你写信吗？"

　　我说："没有，但这并不是重点，我只是一直都不喜欢奥勒尔的生活氛围，在这里，我找不到一点儿创作的灵感。脑子就像是一团糨糊，没有任何有建设性的想法。"

　　"那为什么是斯摩梭斯克呢？"她疑惑地问道。

　　"不知道。"我回答，"可能是因为我喜欢它名字的发音吧，很好听。"

阿维洛娃显然是觉得我在开玩笑，自言自语地说："事情真是越来越糟糕了。"我想她一定是认为我疯了，但其实我从来没有那么清醒和平静过。

第二天晚上，我就坐上了开往北方的列车。车厢里几乎没有人，我一个人坐在粗陋的三等车厢里，孤零零的影子投射在木板上，跟随着微弱的灯光摇曳着，显得很凄凉。列车在黑暗中飞驰着，透过窗户向外望去，可以看到千年古树在大道上投射出斑驳的影子，车灯打在雪堆上，一闪而过。

一觉醒来，列车已经到达了斯摩梭斯克。我伸了个大大的懒腰，跳出车厢，贪婪地呼吸着新鲜空气。车站门口围了好多人，我也好奇地凑上去看，发现原来是一头被打死的野猪。它被冻得硬邦邦的，看起来粗壮又难看。看着眼前僵直的野猪，我的心里不禁发出一声催促：快逃！离开这里！

离开斯摩梭斯克，我继续向北走，去维切布斯克。那里到处都是堆得厚厚的雪层，看上去一片洁白，却多多少少缺乏一些生机。这里比我之前所见过的城市都要荒芜，就像是没有被人开垦过一样。街上见到最多的，是穿着对襟长袍、面色苍白的犹太人。我到达维切布斯克的那天，正好遇上了游行，胖胖的少女们身上穿着节日盛装，活泼的小伙子们头上戴着圆顶礼帽，热闹快乐的气氛让人十分着迷。

我并没有在维切布斯克停留很久，第二天夜里，我便乘车到了彼得堡。在这个最北边的城市里，沿路都是整齐、高大的屋子，天空十分阴沉，才下午两点高楼上的圆钟就已经发出了光亮。城市的环境非常糟糕，到处都是茶馆、小饭店和啤酒店。我在马车夫的介绍下来到一家小旅馆，屋子里很闷热，老旧布料的帷幕以及劣质地板散发出难闻的气味。我坐在窗户前，看着漫天飞雪，心中一片惆怅。也就是在那天晚上，我喝醉了，并且给丽卡拍了一封电报。

回到家乡县城的时候，狂风正在肆意地吼叫。我一走出车站大门，便看到了丽卡站在没有积雪的地方等着我。风吹动她的帽子，使她的双眼时隐时现。我觉得她瘦了，穿着也变得朴素了不少。我觉得我有一肚子的话想对她说，可是又不知道从哪里说起，只能闭口不言。很久之后，丽卡说："你干吗不说话？"她尽力说得若无其事的样子，嘴唇却在不停地颤抖。

我抱住了她，心里想，我再也不要和她分开了。

幸福生活

我们俩在巴图林诺庄园度过了复活节，丽卡结识了我家的所有亲戚，去过了我年少时期住过的卡缅卡庄园。对我成长的地方，她没有一丝嫌弃，甚至还觉得非常可爱。不仅母亲与妹妹非常喜爱丽卡，甚至连一向严苛的父亲都十分高兴地让她亲吻自己的手，只有尼古拉哥哥还有些拘谨。

那时候，格奥尔基哥哥已经从哈尔科夫搬到了一座小城市里，他邀请我们去那儿，说是可以在当地的统计局给我安排一个工作。我和丽卡当然欢喜地同意了。出发的那天早上，阳光明媚，我们靠在暖暖的车厢壁上，心情美妙得无法用言语来形容。火车经过了库尔斯克站以后，天气越来越暖和，我甚至看到了满地的野花与青草，蝴蝶在上面飞舞着。

丽卡感到又新奇又开心："听说那座城市的夏天会很热，对吗？"

"或许吧。"我回答，"格奥尔基哥哥在信上说，那座城市本身就是一座大花园呢。"

我放下窗户，一阵暖风从缝隙里吹来，带来属于南方的气息，甚至连机车喷出的煤烟也带有南方的味道。

"哇！你看你看，那些白杨树多么高大呀，树叶也全都是绿色的。咦？那边为什么会有那么多磨坊呢？"丽卡将脸凑到了窗户前，激动地指指点点。

我笑着说："那不是磨坊，是风车。"

途中路过一个坐落在河谷边的小车站，那里的樱桃园盛开着鲜花，白色的小屋朴实可爱，就连车站卖面包的妇女都特别温柔。丽卡下车买了一些东西，她学着当地人的口音与商贩讨价还价，看上去开心得不得了。

火车开了一整晚，直到天快亮的时候，我们才到达终点站。那时候丽卡已经陷入了熟睡中。远方的天边已经发青，草原上却依旧一片灰暗。这里的景色和家乡不太一样，就连山丘都是一个紧接着一个的，既没有灌木丛，也没有树林。

车站建在一个开阔的山谷里面，距离市区很远，虽然不大，但环境非常舒服。侍从热情有礼，脚夫和蔼可亲，马车夫也忠厚老实。

就像格奥尔基哥哥在信中所描述的那样，这座城市真的犹如一座大花园，不仅街边种满了鲜花，人行道上还栽着一行白杨树。白杨树的叶子在阳光的照耀下发出亮绿的光芒，我们甚至还能闻到树脂散发出的清香。

我们选择了一间房子住下来。房东是一个很和蔼的老头儿，他身材高大，头发花白，常常坐在敞开的窗户旁，一边抽着烟一边唱着歌，"喂——山上那个割麦子的女人！"

不仅是格奥尔基哥哥，很多以前在哈尔科夫认识的朋友都搬到了这里，他们还是那么积极乐观、和蔼可亲，我和丽卡很快就融入了这个圈子。在机关里，我的地位也和在《呼声报》的时候差不多，是一个可有可无的角色。而这样正合我意，我不用向周围的人打招呼、问候，每天要么是不紧不慢地做统计、写报表，要么就是看自己喜欢的书。特别使人高兴的是，我有一张属于自己的办公桌，还可以从办公室里不限量地领用新的铅笔、鹅毛笔和上等纸张。

丽卡变得对文学十分感兴趣，她开始让我给她念一些好的文章，例如"菜园里色彩缤纷，许许多多的昆虫就像是一颗颗的宝石一样，红的、黄的、绿的……"，再例如"海鸥在头上盘旋，仿佛在寻找它的孩子；烈日炎炎下，清风在哥萨克的草原上荡漾"。她还对统计学十分用功，每次都问格奥尔基哥哥许多问题，哥哥也很乐意给她解答。

机关每天两点钟就下班了，为了消磨时间，我们也经常去公园听演唱会。在夜幕下，饭馆的阳台灯火通明，和剧院里的舞台一样夺目。

有时候，我们会沿着小路走到悬崖的尽头，那里有个花园，夜色显得特别美丽。悬崖下面一片漆黑，只有那几点灯火时隐时现。远处的歌声此起彼伏，像在唱赞美诗一样。

更多时候，是大家聚在一起，一边喝着加冰的白酒一边聊天，实在是太晚不能不散场的时候，就一起结伴回家，一路上欢声笑语。夜已经沉睡，我们的笑声空荡荡的，只有人行道上木板咯吱的声响特别清晰。月光温柔地洒在大地上，给世间的一切都披上了一层薄纱，给人一种神秘的美感。我们的房子最远，每到最后都只剩下我、丽卡和格奥尔基哥哥三个人。院子里，蟋蟀在低鸣，树木映着月光，在墙上投下了惟妙惟肖的阴影，那么清晰，那么美丽。

争执

夏天，我因为公事要去出差。丽卡特别想和我一起去，但有机关的同事一起，并不方便。

我们去的是一个叫作什沙基的城市。那天天气很干燥，马车驶过大道，卷起一片尘土。中午的时候，我们经过了一片庄稼地，那里人烟稀少，一览无余的羊圈给人一种游牧生活的气氛。我在笔记本中写道："这时已经是正午时分，我们看到了一个巨大的羊圈，天空灰蒙蒙的，天气炎热，可我很幸福，老鹰与蓝翅鸦在空中盘旋着。"

大路总体来说是平坦的，但有时候也会出现一些小坑，或是比较陡的土坡。眼睛能看到的地方，近处是一片森林，远处还是一片森林，一片绿色接着一片蓝色，再接着是一片黄沙。我们来到一个绿油油的村庄里，寻找一位叫作瓦西连科的人，这也是我们这次出差的目的。等到他回来的时候，青蛙的叫声一直在耳边回荡，柳树丛里的湿气也是十分折磨人的。

坦白说，出差一般是非常累人的，可是我却喜欢出差。我喜欢到不一样的地方去，体验它们不一样的特点，不一样的风景，经历不一样的人和事物。只要机关需要有人出差，我总是最乐意答应的那一个。可是丽卡对这一点很抗拒。"你变了很多。"她说，"现在的你比起以前，更加坚强、勇敢，简直乐观又豁达。"

现在回想起来，当时丽卡的话里明显带着难受，可是我竟然一点儿也没有注意到。尼古拉哥哥曾说过，我总是我行我素，向往自由、追求自由却又滥用自由。我想他说得没错。

有一次出差回来，我看到丽卡在抹眼泪，那次她流泪的身影一直深深地印在我的脑海中。二十年后的一天夜里，我躺在书房里休息，听到院子里的风声，便想起了许多往事，也想起了丽卡的眼泪。而那个时候，她已经离开我很久很久了，只剩下我一个人苟活在这个世界上。

夏季末尾的时候，我被提拔到参议院的图书馆当管理员，那里的地下室堆着很多书籍，我的工作就是把这些书整理、分类好，把它们入库。我很喜欢那个地下室，它有着厚厚的墙壁，非常安静；还有一扇窗户，让阳光照进来。虽然看起来是孤零零的一个人，但我却觉得自由又轻松。

管理员的工作十分轻松，空闲的时候，我不是在写作，就是到附近的城镇与村庄去游玩。我喜欢看村里的小伙子们在打谷场上挥动着农具，他们的歌声豪迈、动听，充满活力；我也喜欢爬到山上向下望，看夕阳把整个草原染上一层金色。

"你明明答应过我，无论去哪儿都会带上我的。你知道，我也很想去村子里看看，那里有美丽的墙和活泼的燕子。"每当丽卡知道我又远足了，她就会这样抱怨。我知道自己对她有些愧疚，总是低下头不敢去看她。可是我并不想失去自己的自由，所以没有做出任何改变。那时候我完全没有意识到，这会将她越推越远。

我还记得那是十一月的一天，城市沉静而又阴沉。冷清的街道，狭窄的人行道，还有被篱笆围起来的枯萎的花园，都显出落寞的气氛。由于地方自治会年会的筹备工作很繁忙，我和格奥尔基哥哥都延迟了下班的时间。而当我们回到家中，丽卡已经不见了，只留下一张字条：

"我想我没有办法再忍受下去了，我不能忍受你离我越来越远，更不能忍受你用冷漠的态度来羞辱我对你的爱。我曾经怀抱着美丽的梦想与希望，而如今它们已经都破碎了。你忘了我吧，我看得出来，你不再需要我。既然你已经去追寻自己的自由与幸福，那么我也要追寻我的。"

永别

丽卡离开后，我往她家里写了很多信，发了很多电报，最后，仅获得了她父亲简短的两句话作为回应："她已悄悄离开，无人知晓去处。"

我痛苦至极，强撑了一个多月后，我决定回到巴图林诺去住一段时间。我想在那里把自己清空，适应没有了她的生活，格奥尔基哥哥来到车站为我送别，我和他拥抱之后便快步走进车厢，找了一个角落坐下。我静静地看着窗外，不想让别人看见自己的眼泪。我想到两年前和丽卡在火车上，车厢里很拥挤、沉闷，我急迫地想要下车去喝一杯热咖啡。而现在，我只想回到那时的车厢里，并且盼望着火车永远不要到站。

再次回到巴图林诺的时候，我觉得自己真正长大了，我开始用全新的眼光来看待一切。与记忆中的不同，这里比我想象中的还要差，村里的房子破旧不堪，毛发蓬松的小狗蹲坐在村头，使人想起了久远的蛮荒时代。阴沉的房子，空荡的院子，还有那惨淡的窗户，这里就是我的家，老旧得好像只要一阵风吹来，就能把它吹倒。我发现，家里比之前更加贫苦了，灶炉的裂缝没有修补，只是糊了一些泥土在上面。地板上铺着农夫穿的衣服，只为了让房子可以暖和一点儿。而父亲呢，他瘦了，头发也花白了，虽然胡子刮得干干净净的，头发也梳得油油亮亮的，可是岁月的痕迹仍然遍布了他全身。为了不让我担心，他表现得比其他人都要精神，这反而使我的心特别沉重。

　　每次一想到父亲，我就觉得很是悔恨，我没有给予他足够的尊重，对于他的青年时期也一无所知。在我能够了解他的时候，我从来没有想过要这么做。而现在的我，尽管用尽所有力气，也不可能明白他是一个什么样的人了。那个冬天，我二十岁，他六十岁，我正当年少，他却已经渐渐老了，可是我觉得，谁也不曾像他那样懂我。我和他在书房聊天，我从小就特别喜欢这个温馨的书房。它那杂乱无章却异常舒适的气氛，以及一成不变的简单摆设，总是让我感到亲切。这些都与父亲的性格和爱好紧密相连，也与我对他和我们早年生活的记忆紧密相连。父亲很少向我提起他自己的青年时代。但每当他说起时，我都会更深刻地意识到，我的父亲是那么特别。他出生于一个特殊的时代，一个显赫的家族，他才华横溢、性格和善、聪明伶俐，却鲜有成就，这让人感到迷惑。他的性格直率而深沉，朴实而内敛，却有着浪漫的气质。每次他谈及这些，他的目光总会变得坚定而快乐。现在也是这样，父亲站起身来，拿出一把旧吉他。于是我听他弹着吉他，哼唱着民谣，以及微笑着给我讲述过去的一切，如果没有父亲，我想我可能很难度过那段悲伤的日子。

　　回到巴图林诺不久，我就来到了丽卡家，但被她的弟弟拦在了门口。他脸色苍白，一字一句地对我说："我姐姐不在家，而我父亲，你知道的，他并不想看到你。"在我记忆中，他还是一个爱牵着小黄狗跑来跳去的中学生，现如今，他已经长成一个沉稳的青年了。他穿着军官样式的衬衫，蹬着高筒皮靴，看起来年轻力壮。尽管他的上唇刚冒出青涩的小胡子，但那双坚定的眼神却透露出不容小觑的坚毅与力量，仿佛在向每个人宣告着他的成长与成熟。

"你走吧。"他补充了一句。我看得出来他在努力地克制自己激动的情绪，也担心他会做出些什么过分激动的行为，只能离开了。

不久前，我梦到了丽卡，这也是我失去她之后漫长的生活里唯一一次梦到她。在梦里，她依然年轻而富有朝气。我努力想看清她，却只能捕捉到模糊不清的影像。即使是这样的影像，仍旧给我带来了难以用语言表达的喜悦。

我等了一个冬天，终于在春天等来了丽卡的消息。她是因为得了肺炎才回到家中的，只是一个星期后，她便去世了。而她遗愿的其中之一，就是希望大家对我隐瞒她的死讯。

直到现在，我还保留着那本丽卡用自己第一个月工资买给我的礼物——一本咖啡色羊皮面的笔记本。里面的赠言因为主人太过于激动、急促，还有两处错别字。

"这灿烂美丽的夏天，是多么让人心醉呀！"我仿佛听到丽卡欢喜地说。